災厄の花嫁

鬼の軍神の最愛

湊祥

JN178138

STARTS
スターツ出版株式会社

誰からも忌み嫌われ
閉ざされた狭い世界で
私は息を潜めて屍のように生きていた
そんな私にあなたは微笑んだのだ
『俺がいつかここから連れ出してやる』
私が喜ぶ言葉ばかりを口にしながら

私とあなたは、夢の中でしか会えないというのに――

目次

災厄の花嫁
鬼の軍神の最愛

プロローグ

「母さま！　父さま！　どうして……どうしてえっ！　開けて！　開けてよおっ」

閉じ込められ、扉を必死に叩《たた》きながら泣き叫ぶ、幼くか弱い自分。

もう十数年前の出来事のはずなのに、あまりにも鮮明に脳に刻み込まれていた。

透花《とうか》は貴族である西園寺家《さいおんじけ》の娘として誕生し、家族からも、親戚からも、使用人からも、蝶《ちょう》よ花よと育てられた。

その日だって、起床した直後に母には『今日も私のお姫様は元気ね』と抱きしめられ、父には『随分大きくなったな』と頭を撫《な》でられた。

それなのに、突然どうして。なぜ急に父と母はこの世からいなくなり、他の皆は化け物にでも怯《おび》えるかのような瞳で自分を見るようになったのか。

閉じ込められるほどの罰を受けるべきなのは、透花の両親を殺した叔母の鶴子《つるこ》の方ではないのか。

あれは今日の昼餉《ひるげ》後のことだった。透花より一歳上の娘を持つ鶴子が、透花の自宅にやってきた。

いつも一緒に遊んでいる従姉《いとこ》が一緒ではなくて残念に感じていたら、なんと鶴子は父と母を突然、短刀で切りつけたのだ。それも、透花の目の前で。

血まみれで両親が倒れ伏している光景を目にした透花は、ただ呆然《ぼうぜん》とその場に立ち尽くすことしかできなかった。あまりにむごすぎる現実に、頭の中は真っ白になった。

　すると、鶴子はそんな透花に向かってにたりと微笑むと、信じられないことを叫んだのだった。

『大変よっ。透花は「災厄《さいやく》の乙女」だったわ！　災厄のあやかしが降臨して、透花の両親を殺してしまった！　誰かー！　助けてっ』

　いったいこの人はなにを言っているのだろうと透花が混乱しているうちに、叫び声を聞いた村の大人たちがたくさんやってきた。

　そして彼らはすぐさま透花を拘束し、着物をはぎ取ると、『た、確かに……！　鈴《すず》蘭《らん》型の痣《あざ》があるっ』『これは災厄の乙女の証……！』などと、訳のわからない言葉の応酬をした。

　透花がいくら、『違う！　私じゃない！　父さまと母さまを殺したのは叔母さまだよっ』と訴えても、誰も聞く耳を持たなかった。

『災厄のあやかし……。毒華姫《どくげひめ》に体を乗っ取られると、実の両親すら手にかけてしまうのか……』

『な、なんて恐ろしい……！　透花には誰も近づけてはならないわ！　もう透花は……いいえ、あれは人間ではないわっ』

『そんな化け物、さっさと結界の中にぶち込んでおけ！』

　両親を失ったうえに、これまで優しかった村の皆の豹変《ひょうへん》ぶりに心がついていけない透花を、大人たちは西園寺家の屋敷の離れに閉じ込めた。

――災厄のあやかし？　毒華姫……？

聞き慣れない言葉ばかりで、大人たちがなにを言っているのか透花にはまったく理解できなかった。

訳がわからないまま、とにかく外に出してほしくて扉を叩くも、施錠された扉はびくともしない。

「ごめんなさい……！　ごめんな……さいっ。許してっ！　出してぇ！」

透花は大声で叫んだ。

おそらく自分でも気づかないうちに、なにか悪いことをしたのだろう。

だから罰として、普段は誰も寄りつかない西園寺家の屋敷の離れなんかに閉じ込められているのだ。

きっと反省の色を見せれば、ここから誰かが出してくれる。そうすれば優しい父と母が透花を迎えに来てくれるはず。

鶴子が両親を殺したのだって、透花の見間違いかもしれない。いや、きっとあれはただの怖い夢だ。昼寝でもして、つい夢と現実を混同してしまったのだろう。

いつも従姉を連れて、透花に優しく微笑みかけてくれた鶴子が、あんな凶行に及ぶわけがないではないか。

幼い頭で考えた末にそう結論づけた透花は、必死に謝罪の言葉を口にした。

しかし何度叫んでも、何時間経っても、誰からも言葉は返ってこないし、扉は開かない。

そのうちにすっかり日は暮れてしまったようで、もともと薄暗かった室内は闇に包まれた。

扉を叩き続けた手はいつの間にか痣と血だらけになっていて、空気が触れるだけで焼けるような激痛が走った。しかしそんな手の痛みなど些細に思えるほど、今は心の方が張り裂けそうでつらい。

泣き疲れた透花は、扉の前の土間に倒れ込んでしまった。

きっとこれは悪い夢だ。このまま眠って目が覚めたら、いつもの寝室のふかふかな布団の上に自分はいるはず。そして朝食の支度をしている母と、新聞を読んでいる父に朝の挨拶をして、ふたりに抱きしめられるのだ。

そんな今まで通りの日常に戻っているに違いない。

淡い希望を胸に抱きながら、疲れきった透花は土間の上で眠ってしまった。

だが……目が覚めても、三日経っても、三カ月経っても、何年経っても。

それまでの幸せな日々が戻ってくることはなかったのだった——。

第一章　新月の君

猫に触れたのは、久しぶりだった。

ふわふわの毛が生えた背中を撫でると、猫は透花の足にすり寄ってきた。そして、ゴロゴロという奇妙な音を喉から発し始める。

——これは確か、猫が甘える時に出す音ね。この前読んだ本に書いてあったから。

そう思い出した透花の胸は躍った。

猫はなにも知らないのだ。透花がどんな人間であるかを。どれだけ皆から忌み嫌われているかを。また、どれだけ孤独に苛まれているかを。

屋敷の庭にいるのが透花でなくても、猫はきっと甘えただろう。そんなことは当然理解している。だがそれでも、自分の存在を許され、必要とされている事実が透花にはとてつもなく嬉《うれ》しかった。

そんなふうに至福を覚えている時だった。

「おい！　こんなに近寄って、災厄の乙女に見つかったらどうするんだよう……。食われちゃうかもしれねーぞ。怖いよ」

敷地の外から子供の声が聞こえてきた。

おそらく西園寺家の屋敷近くに住む、同じ村の子だろう。

とても怯えた声に、自分がその災厄であると透花は改めて思い知らされる。

猫は一瞬びくりと身を震わせる。透花のそばから去りはしなかったが、喉を鳴らすのはやめてしまった。

「だっせーなあ。お前、ビビりすぎだよ。食われやしねーよ」

次に聞こえてきたのは、陽気で勇ましい声だった。

しかし、子供特有の強がりを感じさせられる声音だ。肝試し気分でここまでやってきたらしい。

「で、でも……」

「だって、この前見たって言ってた奴は生きて帰ってきたし、今だってピンピンしてるじゃねーか。そいつが『めちゃめちゃ美人だった』って話してたろ？　一度くらい見てみてーじゃん」

つい先日、庭先でぼんやりしていた時に、敷地の外で人の気配を感じた。あの時、子供に姿を見られてしまったのだろう。

「そりゃ、見たいけど……」

怖いもの見たさで透花の元に子供がやってきたのは、一度や二度ではない。面倒だなと、透花は嘆息した。

子供たちが立ち去るまで身をひそめるのが常だったが、そろそろ姿を見せ、過剰な脅し文句でも言って彼らを追い払った方がいいのかもしれない。

ここに近づいたと子供の保護者が知れば、彼らはきっとこっぴどく叱られてしまう。

想像するととても哀れだった。

透花は声のした方に歩み寄る。ちょうど子供たちが、竹塀のわずかな隙間から覗《のぞ》き込み始めたようだった。

ふたりの子供の方を透花がじっと見つめ返すと、つぶらなふた組の目は大きく見開かれた。

透花の姿を見ても、彼らは恐れを抱かなかったようだ。その双眸《そうぼう》には、好奇心旺盛そうな光が宿っている。

透花は無言で、しばしの間子供たちと目を合わせた。

なにか言ってやるつもりだったのに、彼らの視線があまりに好意的だったからか、言葉が思いつかなかった。しかし。

「あ、あんたたちっ。こんなところでなにしてるの……！　ダメよ！」

恐怖に満ちた大人の声が響き渡った。ふたりの子供はハッとしたような顔をすると、竹塀から離れる。

透花も急いで塀から距離を取り、外からは死角になるように松の木の幹に隠れた。

「早くここから離れなさいっ！　毒にやられて死んじまうよ！」

大人は金切り声で子供たちを叱る。

松の木の幹に身を隠しながらも塀の隙間から彼らの様子を覗き見ると、ひとりの子供は抱えられ、もうひとりの子は腕を引っ張られていた。

一刻も早く、保護者は子供たちを自分から引き離したいのだろう。この村では、正しい大人の姿だ。

「えー。別に毒なんて感じなかったよ〜。ってか、あんなに綺麗《きれい》な人なのに毒なんて本当にあるの？」

「うん……。俺ももうちょっとちゃんと見たかったなあ」

血相を変えた様子の大人とは対照的に、のんびりとした声で子供が言う。

当初は怯懦《きょうだ》な様子を見せていた方の子すら、今はまったく恐怖を感じていないような素振りを見せる。

透花の姿が、子供たちにとってはあまりに災厄の乙女の印象からかけ離れていたのだろう。

――外見は普通の人間だものね。

「馬鹿だねっ！　それが災厄のあやかしのやり口なんだよっ。もう二度と、この場所には近づくんじゃないよ！」

子供を怒鳴りつける大人の声は、次第に遠くなっていった。

そしてなにを言っているのか判別できない声がしばし聞こえた後、場は静寂に支配される。

改めて自分が災厄の乙女であると突きつけられた出来事に虚しさを覚えた透花は、深く息をついた。

――別に、今の私から毒が出ているわけではないはずだ。

だがそれでも、毒華姫の封印の器として生きている透花に、彼らが恐れを抱くのは無理もないのだとも重々承知している。

猫はいつの間にか、塀の上をよじ登っていた。もう行ってしまうのかと、透花はもの悲しくなる。

西園寺家の敷地の隅に建てられた離れ――高い塀に囲まれた小さな庭園と小さな家が、透花の世界のすべてだった。

ここから一歩たりとも出ることを許されておらず、他者との触れ合いなど皆無に等しい透花にとっては、猫のぬくもりが異常に名残惜しかった。

もう一度猫の柔らかさを感じたくて、思わず透花は手を伸ばしてしまう。すると。

「いたっ……」

ビリビリと指先が痺《しび》れた。猫は透花の声に驚いたのか、塀の向こうに飛び降り走り去ってしまった。

やってしまったと、痺れた指を見る。火傷を負ったかのように、赤くただれていた。

塀には、災厄の乙女が外に出られないように結界が張られている。千年以上も前に存在した陰陽師が施した、強固な術式だった。

退魔の術が施された結界はあやかしの妖気のみに反応するため、普通の人間や動物が触れたところでなにも起こらない。

つまり、災厄のあやかしを体内に宿した透花専用の結界とも言えよう。

「……猫は自由でいいな……。私はここから指一本を出すのも許されていないのに」

そう呟《つぶや》いて、塀の隙間から猫がいなくなった方を見据えた。

ここから出たいだなんて、いくら願ってもどうにもならないことだと、透花はとうに理解しているし諦めている。だから自由に空を飛ぶ鳥に思いを馳《は》せるように、自分以外のすべての生物に羨望を抱くのだ。

災厄のあやかしが自身の中に宿っていると、透花が三歳になる直前に判明してから十三年、透花は西園寺家の離れの敷地を一歩も出たことがなかった。

災厄のあやかしは、毒華姫という名らしい。

突然変異で花びらが虹色と化した猛毒の鈴蘭に人間たちが魅了され、人間たちの視線を受けているうちに花に魔力が宿り、あやかしと成ったのだという言い伝えがある。

毒華姫は、数千年の時を生きていることも判明していた。

絶世の美女であり、古代中国ではその美貌で王をたぶらかし、いくつかの王朝を滅ぼしたという伝説も有名だ。

その傍若無人かつ残虐非道な振る舞いから、毒華姫の存在は『災厄』と称されており、最凶かつ最強の美貌のあやかしであると、大正三十三年の現代日本でも言わしめられている。

約千年前。毒華姫は当時有力貴族だった西園寺家を乗っ取ろうと、当主の妾《めかけ》に乗り移った。

しかしその際、西園寺の分家である清水谷《しみずや》家の陰陽師によって、毒華姫は退治される。だが完全には滅ぼせず、西園寺家の妾の体内にその魂が封印された。

その妾が亡くなった時に、毒華姫も同時に滅びたのだと西園寺家の者たちは考えた。しかしそれから約百年後に誕生した西園寺家の血筋の女児に、毒華姫の魂が宿っていたのだ。

封じられた毒華姫の魂は、西園寺家の血を引く女の中で見目麗しい者を選んで入り込むらしい――それが清水谷家の陰陽師が出した結論だった。

このように、毒華姫の魂は西園寺家の血を引く女の体内にもう千年も宿り続けているのだ。

毒華姫の魂を宿した女は、体のどこかに鈴蘭の花の痣が生まれつき存在する。

そして胸元に鈴蘭型の小さな痣がある透花は、毒華姫の魂を宿した十代目の女――

災厄の乙女だった。

千年前の陰陽師が施した封印は強力なもので、封印が解けることはまずないと言われている。

しかし、透花には一度前科がある。村の者たちは『透花が両親を殺した時、一度毒華姫の封印が解けかけた。いつ完全に解けるかわからない』と怯え、透花を結界の張られた敷地内に生涯閉じ込めると決定した。

結界には千年前の陰陽師が生成した札が使用されているため、この中に透花がいる限り、封印が解けることはまずないらしい。

もし透花が結界の外に出た状態で封印が解けてしまえば、毒華姫に体を乗っ取られてしまう。そうなれば、人間に封印された恨みで、災厄のあやかしは文字通り災厄を振りまくだろう。

あの日――両親が命を落とし、透花が災厄の乙女だと発覚した日。透花は、叔母の鶴子が両親を殺害したのをこの目で見た……はずだった。

しかし皆が皆、災厄のあやかしに体を乗っ取られた透花が両親を殺めたのだと断言するものだから、だんだん自信がなくなってきた。

もう十年以上も前の出来事であるため、記憶もかすみがかっている。

ひょっとしたら、本当に自分が両親を手にかけたのかもしれないと最近では思い始めてきてすらいる。

結界の中に閉じ込められるようになってから知った話だが、両親は透花の誕生時にすでに鈴蘭型の痣があることに気づいていたそうだ。

しかし災厄の乙女だと気味悪がられてしまう娘を不憫《ふびん》に思い、それをひた隠しにしていた。

そんな心優しい両親はもうこの世にいない。それも、自分が彼らを葬った可能性すらある。

災厄の乙女とは、なんて恐ろしい存在なのだろう。

──だから私がここに閉じ込められているのは仕方ない。

皆が自分の存在に怯えるのだって当然だ。下手をしたら、蘇《よみがえ》った災厄のあやかしによって命を奪われかねないのだから。

どうして私がこんな目に、と考える瞬間だって多々あるが、そのたびに皆の命を守るためにはやむを得ないのだと透花は無理やり自分を納得させていた。

そんな葛藤を常に抱いているせいか、時々ひとりきりでいる小さな離れで無性に胸が痛くなる。

「透花。夕餉を持ってきたぞ」

離れの中の座敷で足を伸ばして座っていたら、明るい男性の声が響いた。鬱々とした気分が少しだけ晴れる。

現れたのは、清水谷千蔭《ちかげ》という青年だった。

三つ年長の彼は透花の遠縁にあたる。栗色《くりいろ》の短い髪に、少し吊《つ》り気味の大きな瞳が眩《まぶ》しい。いつも人懐っこそうに微笑んでいる、まだ少年っぽさの残る男性だ。

そうはいっても、千蔭は身長が高く、ふたりで並んで立つと透花の背は彼の肩くらいまでしかない。筋張った腕や首にも、千蔭はもう大人の男性なのだと思わされる。

「あ……ありがとう、千蔭」

慌てて笑顔を浮かべ、母屋から運んできた夕食の膳を畳の上に置く千蔭に、礼を述べる透花だったが。

「あれ……。なんだか今、暗い顔をしていなかったか？」

すぐに作り笑いをしたつもりだったのに、一瞬鬱々とした表情を見られていたようで、千蔭が尋ねてきた。

「……ううん。そんなことない」

無駄に心配をかけたくなくて、迷わずに透花は否定した。千蔭は安堵《あんど》したのか、小さく息を漏らす。

千蔭はこの離れを自由に出入りできる、唯一の人間だった。

というのも、毒華姫を体内に宿した災厄の乙女が寿命や病気以外で突発的に命を落としてしまった場合、封印が解けてしまう可能性がある。

そのため、西園寺家の者たちは透花の死亡を非常に恐れていた。つまり透花は、死ぬことすら許されていないのだ。

千蔭はそんな透花の身辺を警護する護衛を任されていた。また、きっと透花が自死しないための見張りでもあるのだろう。

西園寺家の分家に当たる清水谷家は、代々陰陽師の力が継承されており、千蔭にもその才能は引き継がれている。

千年前に毒華姫を封印したほどの力を持つ者はもう現代には残っていないが、千蔭には生まれつきの身体能力の高さがあり、陰陽術を補助的に使用しながらの剣術が達者なのだ。

「今日はコロッケね。おいしそう！」

ふと思い出してしまった千蔭の使命を頭の片隅に追いやりたくて、透花は努めて明るい声を上げる。

膳に載っているコロッケからは香ばしい匂いが漂っており、つやつやと光る白米とお吸い物からも、ほんのりと湯気が立っている。

本当は、『おいしい』という感覚が透花はよくわからない。千蔭が『今日の食事はおいしいと思うぞ』と教えてくれても、あまりそう感じないのだ。

両親が健在だった頃は三人で食卓を囲み、『おいしい』と言っていた覚えがあるが、もうその記憶もだいぶ薄れている。

ここに閉じ込められて、誰かと微笑みながら食事を味わう機会を奪われたためか、味覚が鈍っているらしかった。

無言で孤独に箸を進ませる日に三度の食事は、一族の者のためにこの命を伸ばす目的でのただの作業に過ぎなかった。しかし。

「西園寺家が雇った料理人が作るコロッケは絶品だもんな！　味わって食えよ、透花」

透花が笑顔になると、千蔭も安心したように微笑んでくれるから。いつもこうして、心にもない戯言《ざれごと》を透花は吐いてしまうのだ。

だが、透花が食事を始めようと箸を取ったその時だった。

「透花……！　その指、どうした⁉」

千蔭に指摘されてハッとする。

先ほど、塀の上に登ってしまった猫に手を伸ばしたせいで、つい結界に触れてしまった。その時に右手の指先に負った火傷のような傷を、千蔭に発見されてしまったのだ。

「あ……。さっきうっかり結界に触ってしまって。でも、大した怪我ではないから大丈夫よ」

優しい千蔭だけには不要な心配をかけたくなかった。ただでさえ、不憫だと憐《あわ》れまれているのに。

千蔭は十歳の頃から透花の世話をしてくれている。

本来、西園寺家の透花から見ると清水谷家の千蔭は分家の者に当たるが、彼はあまりかしこまった物言いはしない。

幼少の頃より一族の皆に恐れられていた透花を、唯一人間扱いし、気さくに話しかけてくれるのが千蔭だった。

透花の両親殺しについては、『それって透花の中の毒華姫がやったことだろ？じゃあ透花は悪くねーじゃん』と軽く笑っていた。

千蔭はよく、透花に新聞や書物を持ってきてくれる。その中の小説に〝兄〟という存在が記されていた。

同じ親から生まれた妹に無償の愛を注ぎ、どんな時でも大切に扱うのが兄らしい。

透花には兄弟はいないし、結界の外に出たこともないので、兄弟というものは文章でしか知らない。でもきっと、か弱きものを包み込む優しさを持つ千蔭のような人間が、兄という存在なのだろうと勝手に考えていた。

実際に千蔭本人も、『俺は透花のにーちゃんみたいなもんだからな』と透花の面倒を見ながら何度かそう言っていた。

「まったく、気をつけろって。どうして結界なんて触ったんだよ」

千蔭は呆《あき》れたような表情になった。透花の傷がどう見ても軽症だったため、深く心配はしていないようだった。

「あ……猫が庭に来てくれてね。嬉しくって撫でていたのだけど、塀の上に登ってしまって。そ、それで名残惜しくて、つい……」

ばつが悪くなり、たどたどしく言葉を紡ぐ透花。

すると千蔭は、とても歯がゆそうな表情になった。なにか言葉を探しているようだったが、見つからないらしく黙っている。

しまった、と透花は自身の発言を後悔した。

千蔭は透花を不憫に思ってくれている。こんな災厄の乙女なんかを。

猫のぬくもりなどを求めて結界に弾かれる透花に、千蔭は改めて悲哀を覚えているのだ。

心優しい千蔭にだけはこれ以上の心配をかけたくなかったのに、結界に触れて怪我をしてしまった自分の愚かな行いを悔やんだ。

しかし千蔭も、いくら透花を憐れもうともどうすることもできないと悟っているのだった。

「……とにかく手当てをしよう。ガーゼと消毒液があったよな」

千蔭は戸棚を開けて中を漁り始める。

「えっ……。大丈夫！　こんなかすり傷、自然に治るから」

千蔭の手を煩わせたくなくて、透花が慌てて言うも。

「手当てした方が早く治るだろ。透花、もうすぐ十六歳の誕生日じゃないか。綺麗な体で祝おうぜ」

にっこりと微笑んだ千蔭にそんな言葉をかけられてしまえば、もう反論するのは野暮に思えた。

しかし千蔭の大きな手で丁寧に手当てをされながら、もうじき訪れる誕生日に透花は憂鬱な気持ちになっていた。

自分の誕生日なんて、まったくめでたくない。自分が年を取ると同時に、中の災厄のあやかしも成長している気がするためだ。

それに人間たちの脅威である透花の生誕の日など、心から祝福する者なんて皆無に違いないのだから。


こんなふうに、千蔭に時々同情されながらも孤独な日常を透花はもう十年以上も送っていた。

そう、透花の中に災厄のあやかしが宿っていると判明した、遠い昔のあの日から。

楽しみと言えば、やはり千蔭が差し入れてくれる小説や雑誌、新聞を読むくらいだった。

海も川も街も、透花は知らない。結界の中に閉じ込められる前に見ているかもしれないが、そんな記憶はもはや残っていない。

見たことのない外の世界を想像し、思いを馳せるのが、透花にとってなによりも心が踊る瞬間だった。

しかし、自分は一生それらをこの瞳に映せないのだとふと我に返ると、胸がひりひりと痛んだ。

それでも、一瞬でも自身の境遇を忘れられる読書の時間は、透花には救いだったのだ。

そのため、読み書きを教えてくれた千蔭には多大な感謝の念を抱いている。

そういうわけで、結界の外で起きている出来事は新聞記事によって透花はほぼ把握していた。

この世界には、あやかしが住む世界と人間が住む世界があるらしい。

強靭《きょうじん》な体と特殊能力、そして見目麗しい外見を持つあやかしは、人間よりも圧倒的に強者である。

透花が生まれるよりも少し前まで、あやかしは自由に人間界にやってきては、その力で人間たちを思いのままに虐げ、命や財産などを根こそぎ奪っていたそうだ。

しかし今から二十年ほど前、あやかしの頭領である酒呑童子《しゅてんどうじ》と人間の政府とで『異種共存宣言』が採択された。

宣言は主に『あやかしが人を食らうこと・襲うこと・搾取することを禁ず』『人とあやかしは対等な立場である』『あやかしは人を食らわない者のみが人間の国を往来することができる』という内容だった。

しかし、それまで好き勝手に人間を蹂躙《じゅうりん》し私腹をこやしていたあやかしからの反発は強いそうだ。いまだにたくさんのあやかしが人間界に降り立っては、人間たちの命や尊厳を踏みにじっているのが現状らしい。

——災厄のあやかしが宿っている私を、あやかしはどう思うのだろう。

人間には忌み嫌われている自分が、あやかしにとってどんな存在なのか。考えたのは一度や二度ではない。

ひょっとしたら、あやかしは自分を恐れずに受け入れてくれるのではないか。

いや、ただの人間ではなく、そしてあやかしでもない中途半端な存在は、あやかしからも疎まれるのかもしれない。

そんなふうに、あやかしに対してただの恐怖ではない複雑な気持ちを透花は抱いていた。

——だけど、ここから一生出られやしない私がいろいろ考えたところでなにも意味はない。

透花が住む村は、地図にも載っていないような隠れ里だ。あやかし界と人間界をつなぐ鬼門だって付近にはないし、こんな辺鄙《へんぴ》な場所なんかあやかしだって訪れない。

夕食後、ひとりきりになった離れの座敷でそんなことに思考を巡らせていたら、無性に寂寥感《せきりょうかん》を覚えた。

気を紛らわそうと、透花はお気に入りの新聞記事を切り貼りしたノートブックを手に取った。

それらの記事は『紅眼《こうがん》の軍神』と巷《ちまた》で呼ばれている者の活躍や動向を記したもので、すべての記事の見出しに軍神という言葉が入っている。

軍神は人間界にやってきた凶悪なあやかしを次々に討伐している軍人で、その正体は紅色の瞳をした半妖——人間とあやかしの合いの子である。

人間の軍を率いてあやかし討伐を行っているそうだが、人間たちからはあやかしに近い存在だとして畏怖の念を抱かれている。

透花は軍神には当然会ったことがないうえに、新聞記事には写真もないので顔すら知らない。

いったいどんな方なのだろうと軍神について想像していたら、透花は猛烈な眠気に襲われた。

そういえば、今日は新月だった。

猫や子供たちがやってきたり、結界に触れてしまったりと、普段とは違う出来事が多かったのでつい失念していた。早く夜が来ないかと今朝までは待ち望んでいたのに。

新月の日は、透花の中の災厄のあやかし——毒華姫の力が大きくなると、毒華姫を封印した陰陽師より伝承されている。

それが理由らしく、日が沈むと同時に透花は眠りに落ちてしまう。

別に毒華姫の封印が解けるわけではないが、抗えない睡魔に体を支配されるこの感覚に、幼少の頃は恐怖を覚えていた。

だが今や、透花はこの日をなによりも楽しみにしていた。千蔭が持ってきてくれる書物を読むことよりも、断然。

だって朔月《さくげつ》の夜に見る夢の中は、彼に会える唯一の時間だから。


——夢の中で、決まって彼はこの屋敷の庭にいた。

離れの縁側から石灯籠の横に佇《たたず》む彼の姿が見えて、はやる気持ちで透花は草履を履き、庭に下り立つ。

「……透花」

彼――朔弥《さくや》は透花の姿を認めると、小さく微笑んだ。

「こ、こんばんは。朔弥」

胸の高鳴りを感じながらも、透花は彼に挨拶を返した。

朔弥が新月の夜の夢に現れるようになったのは、五年ほど前だっただろうか。

出会った当初はあどけなさの残る少年だったのに、今ではすっかりたくましさを感じられる青年へと成長している。年齢は、透花よりも年長の十九歳と聞いていた。

長身瘦躯《ちょうしんそうく》で、艶やかな短い黒髪、切れ長の赤い瞳。

あまり他者と関わる機会のない透花は人の美醜には疎いはずだが、それでも朔弥の容姿が美しいことは本能で感じ取っている。

「今日も星が綺麗に見えるな。やはり透花と会える日は、月明かりがないせいか」

夜空を眺めながら、朔弥が静かに言う。微かな星明かりに照らされた朔弥の横顔は、やはり美麗だ。

「そうね。あの大きくひときわ輝いているのが、北極星……近くにあるひしゃく型の星座が、北斗七星だったかな？」

「へえ、よく知っているな」

「この前、本で読んだの。今日は星座の形がくっきり見える……」

朔弥の隣で夜空を見上げていると、手に温かいなにかが触れた。

「あっ……」

戸惑いの声を上げるも、朔弥は透花の手をまさぐるのをやめない。そのまま手をつながれてしまった。

目を細めながら朔弥が見つめてくる。手を握られたくらいでうろたえる透花を『かわいい』とでも感じているような、そんな目つきだった。

透花の胸の鼓動がさらに大きくなった。

朔弥の素性については、本名以外わからないことが多かった。

例えば、住んでいる場所をお互いに話そうとすると、なぜか雑音が入って声が聞き取れなくなるのだった。

しかしょせん、朔弥は透花の願望が生み出した夢の中だけの人物であり、現実には存在しない。きっと朔弥の細かい部分にまで透花の想像が及んでいないため、住まいなどの会話ができないのだろう。

だが、朔弥についてわかっていることもある。

夢の中で朔弥に会えるようになってしばらく経ち、彼と打ち解けた頃に、こんな話をしたのだ。

『半妖って知ってるか？』

『半妖……？』

『俺の父は酒呑童子という名で、人間との間に異種共存宣言を結んだ高名な鬼だが、母親は人間だ。だから俺は鬼でも人間でもない中途半端な存在……。半妖なんだよ』

そう説明する朔弥の瞳は、どこか悲しげだった。

闇夜でも輝く朔弥の赤い双眸は妖しい光をたたえていた。だが恐怖心はまったく生まれなかった。だって透花自身、普通の人間ではないのだから。

『それなら私だって、中途半端な存在だわ』

『え？』

『私の中にはね、災厄のあやかしが封印されているから。私はただの人間ではないけど、あやかしでもない。みんなが私の中の災厄を恐れて、決して近寄らない。……だから私は、結界の張られた敷地内から一歩も外に出られないの』

朔弥はじっと静かに透花を見つめてきた。

吸い込まれるような、宝石のような赤い双眸を向けられ、透花の胸が高鳴る。

『……それはつらいな』

朔弥は指を伸ばして、透花の頬に触れた。

これまでひとりきりで流してきた涙のすべてを拭ってくれるようだった。彼の指先は熱く、痺れるような甘さが頬から伝わってきた。

『つらい……のかな。幼い時から私はこうだから、よくわからないの』

あまり重く受け止めてほしくなくて、透花は微笑んでみせる。

しかし、無理して笑っているのを悟られてしまったのか、朔弥は歯がゆそうに眉をひそめた。

また、それからしばらくした時のことだった。

その日の透花は、ひどくふさぎ込んでいた。離れの庭で外の空気を吸っていたら、村人数名に姿を見られ、『化け物だ』『恐ろしい、殺される』などと言われてしまったのだ。

村の者たちが、自分を恐れていることはもちろん理解している。しかし、直接ひどい言葉を浴びせられて、精神に深い傷を負った。

その日は、いつも透花に寄り添ってくれる千蔭も遠方に用事があり、離れに訪れなかった。それがますます透花を落ち込ませたのだった。

『私はなんのために生きているの。みんなから厭《いと》われて、怖がられて。私の居場所はどこ？　私はどこに行けばいいの？』

せっかく朔弥に会える月に一度の夢の中でも、透花は現実での出来事を引きずっていた。涙ながらに朔弥に自分のそんな思いを吐露してしまった。

すると朔弥は、透花の手のひらを握り、自分の方へと優しい力で引き寄せると。

『透花には俺がいる。……俺が透花の居場所になる。必ずいつかこんなところから連れ出してやる。その時は君のすべてを俺がもらう』

耳元でそう囁《ささや》いて、抱きしめてくれたのだ。

――なんて温かいの。嬉しい。両親以外の誰かに抱きしめられるのなんて、初めて……。

心の底から喜びが湧き上がり、胸がいっぱいになる。

しかしすぐにこれは夢なのだと我に返ると、歓喜はすぐに曇っていった。

本当に、なんて自分に都合のいい夢だろう。

これは、閉じ込められた自分が作り出した願望、まやかしに過ぎない。朔弥は自分の頭の中にしか存在しない、幻影。

そう考えるとやはり悲しかった。

しかしだからこそ、透花は自分のすべてを彼にさらけ出し、抱擁を受け入れ、甘えられたのだった。

そんな朔弥との以前の会話をふと思い出していたら、今眼前にいる彼が至近距離で自分を見つめ続けていると気づき、透花は少しうろたえた。

「こ、この空はどこまでも続いていて。私が行ったことのない遠い場所でも同じように星が見えるって、本で読んだの」

朔弥の視線がなんだか恥ずかしくて、透花は目を逸らして再び星を眺める。

朔弥はあまり口数が多くない。いつも透花の言葉に短い言葉で返事をしたり、相槌《あいづち》を打ったりする。

それが透花と朔弥の会話の仕方だったが、沈黙が多くてもなぜか気まずい空気は流れないのだった。

「ああ、そうだな」

「海の上でも、同じように星が見えるのよね。朔弥は海を見たことがある？」

「ある。今住んでいる家から歩いてすぐの場所に、砂浜があってな。砂が白くて、とても美しい場所なんだ」

「そうなの……！　いつでも海に行き放題ね！　うらやましいな」

お互いについて、具体的な話はほとんどできないふたりだったが、毎回こんなふうに他愛のない話題で話に花を咲かせるのだった。

今日のように星が綺麗だとか、蛍が庭にやってくる季節になっただとか、この前読んだ小説がとてもおもしろかっただとか。

千蔭だって、時々透花の話を聞いてはくれる。しかしどうしても、西園寺家の事情や千蔭の本来の役割などが頭をよぎり、透花は気後れしてしまう。

だから、気を遣わずに朔弥と取るに足らない会話をするのが、透花の心の拠り所となっている。

「まあ最近はあやかし討伐の任務が忙しくて、海をゆっくりと眺める時間もあまりないのだがな」

「朔弥は軍神さまだもんね」

「……その呼び名は気恥ずかしいんだがな」

照れているのか、朔弥は頬をかいた。

そう、朔弥は多くのあやかしを討伐しており、人々から畏怖の念を抱かれている紅眼の軍神だったのだ。

だが朔弥はしょせん、孤独に苛まれる透花が生み出した想像上の人物である。

おそらく現実で読んだ軍神の新聞記事が印象深かったから、夢の中の朔弥にその気持ちが反映されたのだろうと透花は考えている。

「ふふっ。軍神のお仕事も大変ね」

「大変ってほどでもない。ひと仕事終えた後、静かな海を眺めるのも乙なものだ」

「静かな海かあ……。海って先が見えないくらい広くて、真っ青な水たまりで、波が常に砂浜に打ち寄せているのだっけ。本当にそんな壮大な場所があるのかなって、疑ってしまうな」

結界の外には深い森が見えるが、それすらも木々の奥がどうなっているのか、透花には想像もつかない。

　すると朔弥は、透花の頭をポンポンと撫でるように優しく叩いた。

「……俺がいつか、ここから連れ出してやるよ」

　そう言った朔弥はまた、まっすぐに視線を重ねてくる。

　透花の心臓が大きく脈打つ。少し息苦しいが、甘美な気持ちにさせられる鼓動だった。

「朔弥……」

「俺は必ず迎えに行く。そして透花を花嫁として迎える」

　朔弥はいつも、夢の終わり近くになると結婚に結びつけるような発言をする。

　――これは幻影。ただの夢。朔弥は現実には存在しない人だって、私はわかっている。それなのに……。

　透花は性懲りもなく、朔弥に伴侶として求められていることに毎度嬉しさを覚えてしまうのだった。

　自分のつまらない話に嫌な顔ひとつせずに付き合い、外の世界を見せてやると言う男性が、自分を娶《めと》ってくれたらどんなにいいだろう。

　だがこれは自分の妄想だから、朔弥は耳に心地よい、都合のいい言葉しか発さないのだと重々承知していた。

「ありがとう朔弥。私、待っているね」

今だけは現実から目を背けるような気持ちで、透花は微笑んで言葉を紡ぐ。

「ああ。もう少しだ。もう少しだから……。待っていてくれ、透花」

そう囁いた後、朔弥は透花の顎にそっと手をかけて、上を向かせた。

なにをする気だろうと、透花が困惑していると。

「……！」

なんと朔弥はそのまま、透花の唇に自分のそれを重ねてきたのだった。

驚愕《きょうがく》して目を見開く透花だったが、唇から伝播《でんぱ》する朔弥の体温があまりに熱くて、頭がぼんやりとしてきてしまう。

そして口づけの後、朔弥は透花の眼前で優美に微笑んだ――。


その時、瞼《まぶた》が開く感覚がした。

透花の視界に移ったのは、見慣れた格天井《ごうてんじょう》だった。野鳥の鳴き声が遠くに聞こえ、部屋の明かり取りからは朝日が漏れている。

ひと月に一度の、甘く幸せな幻影が終わったのだった。

また一カ月も朔弥に思いを馳せながら、孤独に耐える日々が続く。夢の終焉《しゅうえん》後はいつも、透花は暗澹《あんたん》たる気持ちに支配される。

いつしか透花は、朔弥に恋をしてしまっていた。

この世に存在すらしていない、幻影などに。

「と、透花さま。苦しくはないですか?」

透花に着付けを行う西園寺家の侍女は、震えた声でそう尋ねてきた。正面に配置された姿見越しに見える彼女の顔は蒼白《そうはく》だった。

誰しも、いつ災厄のあやかしに成り代わるかわからない透花の支度などしたくないはず。貧乏くじを引かされたに違いないこの侍女を、透花は哀れに思った。

「大丈夫です……。ありがとう」

侍女を安心させようと微笑んでみたのに、透花が声を発した瞬間「ひっ」と喉の奥で悲鳴を上げたのが聞こえた。

災厄のあやかしが気味悪く微笑んでいるようにでも見えたのだろうか。

侍女に怯えられるのは毎年のことだが、いちいち胸がずきりと痛む。

本日、透花は十六歳となった。

例年通り、結界の中にあるこの西園寺家の離れで一族が集い、祝いの席が設けられる。

しかし透花を祝福する気持ちで出席する者は、皆無に違いない。透花の生誕を祝う席だとは名ばかりで、災厄のあやかしに対するただのご機嫌取りに過ぎない。

西園寺家の一族の者は、透花と毒花姫を同一の存在だと考えている節がある。したがって、透花への祝い事をおろそかにすると災厄が降りかかってくると信じているのだ。

透花は儀式用の十二単を着付けられていた。有職文様《ゆうそくもんよう》の衣装はとても優美だが、幾重にも重ねられた布が肩にずっしりとのしかかる。

またこの衣が、千年以上前に西園寺家の妾の中に災厄のあやかしが封印された際、着用されていた衣装と同じ文様だという事実を思い起こすと、さらに肩だけではなく頭まで重くなってきた。

「と、とてもお綺麗ですよ透花様。失礼いたします……！」

着付けを終え、青い顔をしたまま侍女がそう挨拶をして去っていった後……。

「私の着付け、大丈夫だったかしら!?　あれの機嫌を損ねていないか不安でたまらないわ……！　もし、あれの気分を害すようなことをしていたらっ。私、襲われて死んでしまうのかしら……!?」

怯えた声が、障子越しに聞こえてきた。

――〝あれ〟、か……。

遠い昔、離れに閉じ込められたばかりの時に、一族の者から『もう透花は……いいえ、あれは人間ではないわっ』と呼ばれた光景が脳裏に蘇った。

自分の理解が及ばないような存在を前にすると、人は名すら口にしたくなくなるらしい。あまりの仕打ちに、透花は自嘲的な笑みをこぼした。

「だ、大丈夫よきっと！　着付けや髪結いをして命を奪われた侍女は今までにいないじゃない！」

「怖い怖い……！　生きた心地がしないわっ。もう、今日は最悪の日……！」

別の侍女が着付け担当の侍女に慰めの言葉をかけるも、まったく心には響いていないようで、いまだに恐れおののいている。

――災厄が封印されている今なら、私は普通の人間となんら変わらないのに。

毒華姫は花の毒と魅了の術を巧みに操るあやかしらしいが、そんな大それた妖術など透花は扱えない。

もちろん、現在の透花の体から毒が漏れているわけでもない。

災厄のあやかしは文字通り透花の体内に封じられているのだから、彼女の気配は微《み》塵《じん》も外には現れていないのだ。

しかし皆、もういつ封印が解けてもおかしくない、もしかしたらもう毒華姫は現れていて透花からは毒が放出されているのかも、と不安でたまらないらしい。

そんなことを考えていたら、再び障子が開き、誰かが座敷に入ってきた。

次は髪結い担当の者だろうと思いきや、入室した人物の顔を見て驚愕する。

「お、叔母さま……！」

そう、入ってきたのはなんと、透花の両親の殺害疑惑がある叔母の鶴子だった。

透花が結界の中に幽閉されて以来、鶴子とは年に一回の祝いの席でしか会っていない。なお、会っているといっても鶴子は近寄ってこないので、遠目に顔を見かけるだけだ。

こうして面と向かって顔を合わせるのは、あの忌々しい日以来である。

「今日は私があなたの髪を結うことになったわ。みんな災厄の髪結いなんて嫌がってねえ。仕方ないから、私がやってあげることにしたの」

鶴子は、間延びした声で言う。

透花を恐れてはいないようだが、小馬鹿にするような口ぶりだった。透花の中に災厄がいると発覚する前はいつも優しく親しげだった鶴子の豹変ぶりに、透花は虚を衝かれる。

「あ……ありがとうございます」

なんとかお礼を述べると、鶴子は櫛《くし》で透花の髪を梳《と》かし始めた。少々乱暴な手つきで、髪が引っかかるたびに頭皮が痛んだが、文句を言う気にはなれない。

すると鶴子は鏡ごしに透花と目を合わせながら、口角を上げた。どこか薄気味悪い微笑みに、透花はどきりとする。

「先日、やっと桜子《さくらこ》と東条《とうじょう》家の当主の息子との結婚が決まったの」

桜子は鶴子の娘であり透花の従姉で、東条家は西園寺家と懇意にしている家系である。

東条家の歴史は西園寺家よりも古く、皇族にも血縁関係者がいる由緒正しい家柄だ。

東条家と親戚になることはとても名誉であるらしいと、透花も知っている。

そして東条家の当主の息子は、西園寺家の中でもっとも美しい娘を嫁にもらうという習わしがある。

もし娘の桜子が東条家の嫁になれば、鶴子自身の西園寺家内での権力も大きくなるだろう。

透花はまったく興味がなかったが、一応「おめでとうございます」と告げようと口を開きかけた。しかし、その時。

「ふふふ……。あの時あなたと、あなたの両親を陥れて本当によかったわ」

鶴子の恐るべき言葉に、透花は耳を疑った。

——あの時、陥れた……？

鶴子が両親を殺めた光景は、自分の記憶違いかもしれないと最近では思うようになっていた。皆が言うように、あの時は自分の中の災厄が現れて両親に手をかけたのだと。

血のつながりのある叔母がそんな凶行に及ぶはずがないと、信じたい気持ちもあった。

「あの日……。私が災厄の乙女だって発覚した日……お、叔母さまは私の両親を刺したの……？　あなたがふたりを殺したの？」

「あら、覚えていないの？　あなたの目の前でやってやったのに。でも、あなたはまだ三歳くらいだったものね。記憶が定かではないのも仕方ないかもしれないわねえ」

恐る恐る問いかけた透花の言葉に、叔母は平然と答えた。そして、悦に入ったような笑みを浮かべ、こう続ける。

「あなたが悪いのよ？　うちの桜子を差し置いて、器量がいいからって東条家の嫁の有力候補だなんて一族の人たちがみんな囃《はや》し立てるから。……どうすればあなたを陥れられるか、私はずっと考えていたの」

驚きと恐怖のあまり、透花は声も出ない。

「そうしたらね、あるすばらしい方が教えてくれたの。この里には今、災厄の乙女がいるって。鈴蘭の痣が出ているのに隠している者がいるって。……私、あなたに違いないってすぐに思った。だって子供同士で水遊びをする時も、お風呂に入る時も、あなたの両親は頑なに断っていたから」

ぎょろりとした瞳で透花を見つめながら下卑た微笑みを浮かべる鶴子は、本当に自分の叔母なのだろうか。なにか魔物でも取り憑《つ》いたかのように禍々しい。

「でもね、あなたが災厄の乙女だって暴露したところで封印は絶対に解けないんだから、東条家の男性はもしかしたら気にしないで嫁に迎えるかもしれないじゃない？　だから既成事実を作ってあげたの。一時的に封印が解けた災厄のあやかしがあなたの体を乗っ取って、自分の両親を殺したっていうね！」

あははは、と鶴子は哄笑《こうしょう》した。

一度災厄のあやかしが透花の体を奪ったとなれば、皆、透花に恐怖心を抱く。結界の中に生涯閉じ込めておくという結論になるのは明白だ。

鶴子はそれを狙い、凶行に及んだわけか。

「どうして……どうしてそんなひどいこと……」

掠《かす》れた声で、やっとのことで言葉を紡ぐ透花。しかし鶴子は事もなげにこう答えた。

「桜子を東条家の息子と結婚させるために決まってるじゃない。……まあ、あんたたち家族のことは前々からいけすかなかったもの。いっつも人がよさそうに笑って、一族の者に媚《こ》びを売って気に入られて。……私の家系の方が……桜子の方がかわいいし優秀なのに」

「そんな……。ひどい……ひどすぎます……！」

信じたくない言葉ばかり鶴子から出てきて、透花は涙を浮かべた。

すると鶴子は忌々しそうに透花を睨《にら》み、頭頂部の髪を掴《つか》んで乱暴に引っ張り上げたのだ。

「いたっ」

「……なによ、悲劇のヒロインぶっちゃって。あんたが災厄の乙女であることには違いないんだから。誰もそんな恐ろしい存在であるあんたの話なんて信じない。いい気味よ」

そう言い捨てると、手早く透花の髪をまとめ上げ、かんざしを挿して叔母は退室した。

眼前の姿身には、涙を浮かべた自分の顔が映っていた。髪はそれなりに見栄えよく整えられている。

鶴子の口から語られた真実に、かつてない絶望と悲しみを覚えた透花だったが。

――でも、すべて叔母さまの言う通りかもしれない。私が災厄の乙女であることに変わりはない……。

もし本当に自分が災厄のあやかしに体を乗っ取られていたら、あの日両親を殺害したのは自分だったかもしれない。

そして、封印がなにかをきっかけに解けたとしたら、この手で誰かを手にかけてしまう恐れだってあるのだ。

やはり自分は確実に封印が解けないとされる結界の中で、息をひそめて生きていくのが一番いい。

透花は改めて、強く自分にそう言い聞かせたのだ。


離れの中で一番広い部屋で、透花の十六歳を祝う会が始まった。

神職による定型的な祝詞や儀式が終わり、皆で祝いの膳をつついている。

透花の席は一段高い上座に設置されていた。その席から畳三畳分は離れた場所から、他の出席者たちの席が並べられている。

皆、無言で食事をしていた。なるべく早く終えようと考えている彼らの本心が透けてみえる。

——誰もこちらを見ない。毎年のことだけれど……。

祝いの席で透花に直接声をかけてくれたのは、『十六歳おめでとう、透花』と先ほど挨拶をしてくれた千蔭だけだった。

しかしその千蔭も、一族の者の前ではいつものようには会話をするのが難しいようで黙々と食事をしている。

ふと鶴子と目が合った。すると一瞬だけ不気味な微笑みを向けてきた。娘の桜子は母親の行いを知っているのか知らないのか定かではないが、涼しい顔で食を進めている。

大好きな両親を殺したのは鶴子だった。しかし、それも自分が災厄の乙女だったせいだ。自分が普通の娘だったら、そんな悲劇は起こらなかったはず。

鶴子に対して憤っているのか、両親の死に悲しんでいるのか、災厄の乙女という忌まわしい存在である自分に絶望しているのか。

もう、さまざまな負の感情に押しつぶされて、透花は訳がわからなかった。

――こんな……。こんな惨めな誕生日なんて、早く終わればいいのに。

西園寺家が雇った料理人が作った祝い膳は、贅沢《ぜいたく》で手に入りづらい旬の食材がふんだんに使われている。

だから美味であるはずだが、透花はいつもの食事同様、まるで味を感じなかった。

しかしここで透花が手をつけなければ、『毒華姫の機嫌を損ねた』と騒動になり、面倒ごとに発展する。

この会を滞りなく終わらせるためには、透花は無理をしてでもそれなりに食さなければならないのだった。

味のない食事をただ胃袋に入れていく作業は、ただただ胸が苦しかった。えづきそうになるのを何度こらえたことか。

しかし、三分の一ほどをやっと食べ終えた時だった。

なぜか急に胸の不快感が強くなったのだ。

「う……」

皆が過剰に怯えないように耐えたかったが、どうにも抑えきれず箸を落とし、透花は胸を押さえてしまう。

「透花さま……？」

女中頭が最初に異変に気づき声をかけてきた。

しかし取り繕って言葉を発するのさえ困難で、透花は「うう……」と呻《うめ》き声を上げてしまった。

「透花様っ。いったいどうなさいましたか!?」

「ま、まさか災厄のあやかしがっ」

「封印が解けたというのか!?」

皆が皆、うろたえているようだった。

大丈夫、ちょっと胸が痛いだけ。

そう言いたかったが、どうも苦しくて言葉が紡げない。

「ど、毒華姫が現れたんだわっ」

「怖い怖い……！　殺されるっ」

場が騒然となる中、透花に落ち着いた様子で声をかけてきたのは。

「透花。気分が悪いのか？」

千蔭だった。

いつもの透花を知っている彼は、これが災厄のあやかしが関わっている事柄ではなく、単なる体調不良だと考えているらしかった。

もちろんその通りだったので、透花はなんとかして千蔭の問いに反応しようとやっとのことで口を開く。そして『ええ、ちょっと胸が痛いだけよ』と答えるはずだったが。

「……いいえ。気分はとてもいいわ。こんなにいい気分になったのは、どれくらいぶりかしらねえ」

勝手に口が動き、自分の意思ではない言葉が紡がれる。

透花が驚愕していると、胸の痛みがすっと消えた。

しかしそれと同時に、口だけではなく体の自由まで利かなくなる。

これまで胸を押さえて下を向いていたのに、勝手に顔が上がった。さらに、満面の笑みを自分が浮かべているのがわかる。

もちろん、透花の意思で笑ったのではない。

「そうか？　急に呻くからびっくりしたぜ。なんだったんだよ？　まあ、気分がいいならよかったよ」

千蔭が安堵したかのような面持ちで言う。

――違う。違う……！　私じゃない！

体が何者かに操られているのがあまりに恐ろしく、透花は混乱する。しかしそんな透花の心情は、顔にも体にもまったく現れない。

「ええ。本当によかったわ。……だって千年以上ぶりに表に出られたのだからねえ」

自分の声帯が震えて発せられたはずなのに、鼻にかかったその声は信じられないくらい妖艶で、魅惑的だった。

声と体の自由が利かなくなった時点で、ある程度透花には想像できていた。自分の体を乗っ取っているのは、何者なのかを。

だが信じたくなかった。ただでさえ自分の中を巣くう者に自由を奪われているのに、肉体まで好きにさせたくない。

しかしたった今、自分の口から放たれた言葉によって、それは無慈悲にも確信に変わってしまった。

――今、私の体を乗っ取っているのは、災厄のあやかし……毒華姫……！　どうして急に封印が解けたの!?

「え……？」

千蔭は透花の言葉をすぐには理解できなかったようで、虚を衝かれたような面持ちになっている。

そして毒華姫は、いつもの透花なら決してしないような、にたりとした笑みを浮かべた。すると。

――この匂い……！

肺が焼けつくような甘い匂いが透花の体から発せられたようだった。

体の自由は奪われているのに、五感だけはなぜか感じられる。魅惑的かつ、どぎついその香りを、透花は本能的に毒だと認識する。

「うっ……」

「くっ……！」

祝宴に出席していた女たち、子供たちがバタバタとその場に倒れていく。

一方で、男たちは一様に透花を見つめている。皆ぼんやりとした、生気を感じられない瞳をしていた。

毒華姫は、男をその色香で操り、女はその毒で殺める、災厄のあやかし。

伝承通りの力を、透花の体を使って毒華姫は行使していたのだ。

――やめてやめて！　こんなことしないでっ！

胸中で必死に透花が訴えるも、女性と子供はその場に倒れたままだし、男たちは虚無的な双眸で毒華姫を見据えている。

するると、意外な声が聞こえてきた。

「これは……妖気だな！　魅了と毒か……！」

なんとこの場で唯一、千蔭だけが魅了されず正気を保っていたのだ。

しかし毒華姫の術をまったく食らっていないわけではなく、苦悶《くもん》の表情を浮かべている。鼻を押さえているのは、なるべくこの匂いを吸わないためだろう。

「ふふ、その通りよ。久しぶりに術を使ったけれど、ちゃんと効いているみたいだねえ。まあ、まだ全然本調子ではないけれど。あたしとしたことが、三割程度の力しか出せてないわ」

千蔭が息も絶え絶えに放った言葉に、毒華姫は余裕たっぷりに答えた。

三割の力にもかかわらず、一瞬で女の意識を奪ったうえに、男を手玉に取ってしまった。

毒華姫が絶好調になったら、いったいどんな事態になってしまうのだろう。想像するだけで恐ろしい。

「お前……！　毒華姫だな！　封印が解かれたのかっ」

毒華姫の特徴を知っているはずの千蔭は、今の透花に起きていることを悟ったようだ。敵意に満ちた目で、こちらを見てくる。

「あら、あんた、あたしの名前を知っているのね？　嬉しいわねえ、あれから千年以上も経ったっていうのに」

殺気を放つ千蔭の様子などどこ吹く風で、毒華姫はのんびりと言う。

「なぜだ……！　なぜ今、封印が!?」

「ふふっ。あたしもよくわからないけどね。あたしの依り代になっているこの女……透花という名だったかしら？　人間なのに妖気を操る才能がとってもあるみたいよ。成長と共に、どんどん力をつけているわよ。あたしの力も引き出してくれるほどにねえ」

「ま、まさか……！　透花が十六歳になったことで、中にいたお前の力も封印が解けるほどに強まったというのか……！」

千蔭がそう問いかけると、毒華姫は口角を上げ、にたりと笑みを浮かべた。

「どうやらそのようね。あんた、なかなか賢いじゃない。それとこの子の感情が昂《たかぶ》ると、あたしの封印が解けやすくなるのよ。なんだかよくわからないけど、とても悲しいことでもあったんじゃない？」

毒毛姫の言う『とても悲しいこと』とは、鶴子による両親殺害が発覚した件だろう。

だがそれよりも。

――私が成長したせいで、毒華姫の封印が解けた？　そんな……！

その事実は、透花にかつてない絶望を感じさせた。

自分なんかが生きていても仕方がないと考えてはいたが、毒華姫が自分の中に宿っているうちは結界の中でおとなしくし、せめてこれ以上の迷惑はかけないようにしようと思っていたのに。

それがまさか、年齢を重ねるだけで皆に災厄をまき散らす存在だったとは。文字通り自分は、災厄の乙女だったのだ。

あまりにむごい運命に透花は打ちひしがれたが、今この体を支配しているのは自分ではない。毒華姫は満足げに微笑みながら、ゆっくりと千蔭に歩み寄る。

千蔭はいまだに正気を保ってはいるものの、ろくに体は動かせないようで、しゃがみ込んでいる。苦痛に顔を歪《ゆが》めながら毒華姫を睨んでいた。

——千蔭になにをする気……！　千蔭っ。逃げて……！

必死に祈るも、透花のその思いは表に出せない。

「……ほう。あんた、あたしの魅了の術に耐えきるなんて。千年前でもそんな奴は稀《まれ》だったのに。なかなか高い精神力を持っているじゃないの」

毒華姫の満足げな声だった。

千蔭は「くっ……」と呻くだけで、もはやなにも答えられないようだった。

「それになかなかいい男じゃないの。頭の回転も速いようだしねえ。気に入ったわ。……あたしの下僕のひとりにしてあげる」

毒華姫は千蔭の頭頂部の髪をむんずと掴むと、無理やり顔を上げさせた。

――いったいなにをする気……!?

毒華姫の行動が読めず、戦々恐々とする透花だったが。

「ふふっ」と小さな笑い声を漏らした後、毒華姫はゆっくりと千蔭に顔を近づけていく。視線の先は、千蔭の形のいい唇に向けられていた。

――まさか……！

毒華姫がなにをしようとしているか想像のついた透花は戦慄した。

先ほど『下僕のひとりにしてあげる』という言葉があったが、きっと口づけによって男を意のままに操るといった妖術が毒華姫は使えるのだろう。

――やめて。やめて……！　やめてっ。

声にも表情にも出せない思いを透花は胸中で必死に叫ぶ。

自分が災厄の乙女などという、忌み嫌われた存在だったせいで。そんな自分にも優しく声をかけてくれる千蔭が、災厄の毒牙にかかってしまうのだ。

――生まれてこなければよかった。

私なんて。災厄の乙女なんて。この世に存在しなければよかったのだ。

毒華姫が千蔭の唇を奪う寸前、透花は強い消滅願望を抱いた。

しかし、まさにその時だった。

千蔭の頭髪を握っていた毒華姫の手首が、何者かによって掴まれた。千蔭に口づけをするために下を向いていた毒華姫が顔を上げる。

するとその何者かは、今度は毒華姫の両手首をがしりと握り、彼女の動きを完全に阻止した。

「……何者だ？」

突然自由を奪われたにもかかわらず、毒華姫は大層落ち着いた様子で問う。いまだに笑みも浮かべたままだった。

だが、毒華姫の目を通して突然現れた謎の人物の顔を拝んだ透花は、とても驚愕していた。

これまでの人生で一番驚いた瞬間だと言っても過言ではないかもしれない。きっと声を出せる状態だったら、信じられずに叫んでいただろう。

だって、彼は。

——朔……弥……!?

長身痩躯で、艶やかな黒髪、切れ長の美しい赤い瞳は、何度夢の世界で見惚《みほ》れただろう。

自分の夢の中だけに現れる、想像上の人物のはずだった。現実には決して存在しない、透花にとっての理想のすべてが詰まった男性のはずだった。

そう、新月の夜に見る夢の中にだけ現れる半妖の朔弥が今、透花の眼前にいたのだ。

「どれだけこの時を待ちわびたか。……ようやく出会えたな、俺の透花。やっと最愛の君に触《ふ》れられる」

朔弥は透花に視線を合わせ、口角を上げた。

体を毒華姫に乗っ取られてはいるが、透花の意識はまだ残っていることに、朔弥は気づいているようだった。

――透花って……呼んでくれた。

彼を朔弥だと透花はほぼ確信していたものの、奇跡的な偶然で瓜《うり》ふたつの者が現れた可能性ももちろんあった。

そうなると、透花について彼はまったく知らないはずだ。しかし彼は、まだいっさい名乗っていないにもかかわらず自分の方を見て『透花』と名前を呼んだ。

やはり彼は朔弥だった。月に一度、現実ではない空間で何度も逢瀬《おうせ》を重ねた、透花が恋心を抱いた相手にもはや間違いない。

「その赤い瞳……！　一度、帝都で見たことがある……。こ、紅眼の軍神だな……」

千蔭は掠れた声を漏らし、朔弥を見つめている。

剣の腕を買われている千蔭は村を離れて軍の助っ人をする機会があると、透花は前に本人から聞いていた。その時に朔弥を目にしたということだろうか。

そんな朔弥が毒華姫の両手首を掴む力はとても強く、普段の透花なら絶対に振りほどけないだろう。

しかし毒華姫は、あっさりとその手を振りほどいた。乗っ取られている体は、身体能力が彼女寄りになっているのかもしれない。

毒華姫は朔弥の顔をマジマジと眺めると、笑みを深くした。

「あら……。またあたし好みの男が現れたわ。目覚めるなり運がいいわねぇ」

余裕しゃくしゃくな毒華姫の声だったが、朔弥はそれにはなにも答えず、帯刀していた刀を抜いた。そして目にも留まらぬ速さで動くと、毒華姫に刀を振りかぶる。

だが毒華姫は、優雅な動きでそれをかわした。

透花の体なのに、透花には決してできない芸当をやってのけられ、なんだか気持ちがついていけない。

「……やはりこの程度の攻撃、よけるか。まあかわしてくれないと困るところだったぞ。透花の体に傷がついてしまうからな」

朔弥は無表情のまま、淡々と言葉を発した。

「……素早いわね。人間には到底無理な動きだったわ。あたしの魅了を受けても平然としているし。あんた……人間じゃないようだねえ。鬼……の匂いはするが少し違う。半妖か？」

一瞬の動きを見ただけで、毒華姫は朔弥の素性を見抜いてしまったようだった。

そういえば以前に読んだ新聞記事で透花は知ったが、あやかしは皆、嗅覚に優れていて、その者の匂いを嗅げばあやかしの種族……例えば鬼だとか、天狗《てんぐ》だとか、妖狐《ようこ》だとか、が判別できるらしい。

朔弥が半妖なのは、夢で本人が話していた通りだ。

「俺の正体などどうでもいい。……本当に捜したぞ。なかなか強固な結界だったが、場所さえわかればこっちのものだった。半妖の俺は弾かれないようで、すんなり中に入れたがな」

「ふふっ。あんたみたいな美男があたしを捜してくれていただなんて。嬉しいわねえ」

相変わらず笑みを絶やさない毒華姫だったが、朔弥は鋭い光を宿した瞳で彼女を見据えた。

「お前みたいな毒婦など誰が捜すか。……俺が捜していたのは透花だ」

「あら、つれないのねえ」

冷たい声で朔弥に否定されるも、気分を害した様子もなく毒華姫は答える。

——朔弥が私を？　本当に夢で言っていた通り……。

必ず迎えに来ると、毎回の夢の終わりで朔弥はそんな言葉をくれた。自分の都合のいい妄想だとしか思っていなかったのに。

――どうしようどうしよう。こんなに嬉しいことって、ある……？

毒華姫に体を乗っ取られているという史上最悪の事態であるはずなのに、史上最高の幸福を透花は感じていた。

「ふふっ。それにしても、そんな偉そうなことをほざいて大丈夫なの？　あたしを誰だと思っているのかしら。少しはやるようだけどねぇ」

どこか憐れむような毒華姫の口調だった。

先ほど一瞬見せた朔弥の動きは、透花の常識からかけ離れた俊敏な動きだったが、それでも伝説の災厄のあやかしにとっては取るに足らない相手らしい。

――そんな……朔弥でも、毒華姫は止められないの？

と、不安になる透花だったが。

「……ふん。お前こそあまり調子に乗らない方がいいんじゃないのか。目覚めたてで万全ではないくせに」

朔弥は冷静に言葉を返す。

毒華姫が頬を引きつらせたのを、透花は感じた。

「こうなったらもう、体でわからせるしかないわねぇ。……あたしの怖さをね」

毒華姫は透花の目ではまったく追いきれない早さで朔弥に近寄ると、そのまま彼の背中に腕を回して抱きついた。

「……さあ、あたしのものになれ」

そして朔弥の唇を見つめながら低く妖しい声で呟き、ゆっくりと顔を近づけていく。

千蔭にも行おうとしていたが、接吻《せっぷん》することで朔弥を自分の下僕にしようと目論んでいるのだろう。

――ダメ……！　朔弥っ。

せっかく会えたというのに。今、眼前に彼がいるというのに。ひと言も言葉をかわせずに自分たちは離れ離れになってしまうのだろうか。

もう、毒華姫の呪いの口づけから逃れる術はないだろう。新たな絶望を胸に抱いた透花だったが。

この後、予想外の事態が起きたのだった。

「わからせられるのはお前の方だ」

朔弥は冷淡な声でそう言った後、毒華姫に顔を近づけた。そしてなんと、朔弥の方から毒華姫に口づけをしたのだ。

――え!?　い、いったいどういうこと……？

理解が追いつかず、混乱する透花。

それは毒華姫にとっても青天の霹靂《へきれき》だったようで、彼に口づけされながらも目を見開いている。

朔弥の唇は熱く、柔らかかった。

五感のみは感じられる透花は、朔弥の生きている証が唇から伝わってきて感慨深い気持ちになる。

そして朔弥が唇を放した後。

「く……」

それまで朔弥を抱きしめていた力強い毒華姫の力が緩んだかと思えば、彼女は小さく呻いてその場に膝をついたのだ。

——な、なにが起こったというの？

毒華姫と接吻をすれば、彼女の下僕になると透花は予想していた。

しかしへたり込んだ毒華姫を見下ろす朔弥の瞳は、先ほどと同じように冷淡さを保ったままだった。

「……お前。接吻によって妖気を吸い取れるのか」

毒華姫が、今までとは打って変わってか細い声を上げる。それでも笑みを浮かべているのは、さすがは伝説のあやかしと言えよう。

しかしどうやら彼女の言葉の通りで、朔弥の口づけにはあやかしの妖気を吸収する力が備わっているらしい。朔弥に力を奪われ、毒華姫は立ってもいられなくなったのだろう。

「そんな力を持っているあやかしなど、あたしは出会った覚えがない……。半妖が成せる技のようねえ。ふふふ……まんまとやられてしまったわ」

「弱っているくせによくしゃべる女だな。さっさと透花の中に引っ込め」

冷たい声で朔弥が言い捨てると、毒華姫は「ふっ」と鼻で小さく笑った。

「仕方がないわね。……次に会う時は、口づけ以上のことをしてちょうだいね？」

「勘違いするな。俺がさっき口づけしたのは、透花の体だ。もう肉体が滅んでいるお前に対してでは決してない」

朔弥のその言葉に対する毒華姫の返事はなかった。代わりに、透花の口から漏れたのは。

「うっ……」

小さな呻き声だった。

表に出ていた毒華姫は消え、透花の肉体を操れるのは透花自身となった瞬間だった。

しかし、体の自由が利くようになったにもかかわらず、まったく力が入らない。

毒華姫に乗っ取られていた反動だろうか。意識もはっきりせず、視界が白濁としている。

「透花……！」

そんな透花を、朔弥が抱きかかえてくれた。

毒華姫に向けていた冷淡な視線とは打って変わり、優美で慈しみを感じられる、穏やかな瞳で透花を見つめている。

「さ……くや……」

口がうまく回らず、たとたどしく彼の名を呼ぶ。

すると朔弥は、そんな透花の唇についばむような口づけをした。

「……毒華姫に意識を乗っ取られた透花ではなく。やはり身も心も透花の状態で、俺は君に口づけをしたかった。……ずっとずっと、俺は透花に触れたかった」

透花を抱く朔弥の腕に、いっそう力がこもったようだった。心地よい圧迫感を、ぼんやりとした頭で透花は感じた。

「私……も。ずっとずっと、あなたに……会いたかった……。あなたが現実に、存在……していたなんて……」

それ以上は、言葉を紡ぐのが難しくなった。

すると朔弥は透花の頬に手を添え、ひときわ美しく、そして優しく微笑んでこう告げた。

「……ああ。約束しただろう？　いつか必ず迎えに行く。こんなところから俺が連れ出してやる。そして君を嫁にもらうと。もう離さない。なあ、透花——」

朔弥のその言葉に至上の幸福を覚えた瞬間、透花の意識は暗転した。

*

朔弥は意識を失った透花を抱え上げると、その場に倒れ込んでいる西園寺家の者たちには目もくれず、すたすたと歩き出した。

——想像通り、陰気くさい場所だ。早く透花をここから連れ出してしまおう。

今の毒華姫には、致死量の猛毒を出すほどの力は備わっていない。毒華姫が放出した毒にやられ、意識を失っている者も魅了されている者も、時間が経てば回復するはず。

「……待……て……。透花を……どこに連れていく気だ……！」

立ち去ろうとする朔弥に、掠れた声で話しかけてくる者がいた。

毒華姫に魅了されず、唯一正気を保っていた男だろう。透花が以前の夢の中で、千蔭と呼んでいた男に違いない。

その精神力の強さになかなか見込みはありそうだが、今の朔弥にとってそんなことはどうだっていい。

「俺の元に連れていく。透花は俺のものだ」

一度立ち止まり、這《は》いつくばる千蔭に鋭い視線を浴びせながら静かにそう告げると、朔弥は再び歩き出した。

「は……!?　透花の中には災厄のあやかしがっ……。け、結界の外に連れ出したら、大変な事態に……！」

「馬鹿か、お前。さっき見なかったのか？　俺は災厄のあやかしの妖気を吸い取れる。俺のそばにいれば、毒華姫の封印が完全に解けることはない」

慌てた様子の千蔭に、朔弥はつっけんどんに言い放つ。

――せっかく透花に会えたのに。邪魔をするな。

朔弥はずっと透花を求め続けていた。夢ではなく、現実の透花に触れたくてたまらなかった。

そんな彼女が、今この手の中にある。

誰にも自分たちの邪魔などさせない。させたくない。

千蔭の横やりに、朔弥は苛立ちを覚えていた。

千蔭はいまだに「ま、待て……！」だの「お前、透花とはいったいどんな……！」などと喚いていたが、朔弥はなにも答えない。

もう一刻も早くこんな淀《よど》んだ場所からは去りたかった。しかし。

「……災厄の乙女を、紅眼の軍神が連れ出すか」

今度聞こえてきたのは、しわがれた老人の途切れ途切れの声だった。

予想外の人物の発言に朔弥が今一度足を止めると、彼はこう続けた。

「災厄の力を利用するためか……？　ふん……まあ、どんな目的なのかは知らんが……。それはわしらの手にも余るほど……強大な存在……。悪いことは言わん……ここに置いておけ……」

声を発していたのは、壁に背をつけている老人だった。

幾重にも皺《しわ》が刻まれた顔とパサパサの乾いた白髪から、かなり高齢であるとわかる。

しかしその悠然とした口調と鋭い眼光から、ただならぬ気配が感じられた。

また、千蔭以外の男は全員毒華姫に魅了されたはずで、いまだに意識朦朧《もうろう》としている様子なのに、すでに彼は正気を取り戻している。

老人としては並々ならぬ精神力から、きっと西園寺家では地位のある者だろうと朔弥は彼の正体を推測した。ひょっとしたら彼が長かもしれない。

「……そう言われて、『はいそうですか』と従う馬鹿がどこにいる？」

朔弥が答えると、老人は「くくく……」と意味深に含み笑いした後、こう続けた。

「お主の身を案じて……親切に忠告したのじゃぞ……？　それは半妖ごときには手に負えない……女じゃて……。わしに今のお主を止める術はないが……いつか必ず……後悔するぞ……。毒華姫を……甘く見るなよ……」

まだ毒が完全に抜けきっていないらしい老人の声は弱々しい。だがまるですべてを見透かしているような老成した物言いに、朔弥は小さく舌打ちをした。彼は半妖の立ち位置を理解しているのだろう。

『半妖ごとき』という老人の言い草が特に癪《しゃく》に障った。

あやかしには半端者だと蔑まれ、人間にはあやかしだと恐れられる半妖には、どこにも居場所はない。それを知ったうえで、朔弥の神経を逆撫でするような言い方をしたのだろう。

――確かに俺には心を許せる者はいない。だからこそ透花が欲しい。俺と同じで、寄る辺のない透花が。透花を手に入れられるなら、どんなことがあっても俺は後悔しない。

胸の内で密かに反論した後、朔弥は老人から顔を逸らし、再び歩み始めた。

その時、畳の上に倒れ伏しているふたりの女が目に入ってきた。ひとりは中年、もうひとりは透花と同じ年の頃の少女だった。

ふたりからはあやかしの匂いがした。特に、中年の女の方だ。

この深い森のような湿っぽい香りは、天狗の残り香に違いなかった。

「おい。俺からもひとつ忠告してやる。……この女たち、天狗とつながっているぞ。この村ではあやかしと関係を持った者は追放ではなかったか」

この村の掟《おきて》については、以前に透花から聞いていた。

狡猾《こうかつ》なあやかしが人間に甘言《かんげん》を吐き、利用して裏切ることはなんら珍しくない。そんな事態を避けるために、『あやかしと関わってはならない』という掟は絶対厳守であるはずだ。

老人は半眼で、女ふたりに視線を送る。朔弥の言葉にはなにも答えない。

朔弥もそれ以上話すことなどないので、再び歩き始めた。

「待て……！　俺は、俺は……認めないぞ！　透花はお前のものなんかじゃないっ。透花を返せ……！」

そんな朔弥の背に向かって、千蔭が憎々しげに言い放った。

だが朔弥はその声にはなにも反応せずに外に出る。そして透花を抱きかかえたまま、結界の張られている西園寺家の離れの庭から一歩踏み出した。

透花が狭く淀んだ牢獄《ろうごく》から十年以上ぶりに解放された瞬間だった。

朔弥の腕の中で、透花は心地よさそうに寝息を立てながら、すやすやと眠っている。

頬はほんのり桃色に染まり、安心したような面持ちに見える。

あどけないその表情が、朔弥にはたまらなく愛しかった。

「……やっと。やっと手に入れた。これからはふたりきりだ。……俺の透花」

今日初めて現実に触れ合えた最愛の人のぬくもりに感慨を覚えた朔弥は、透花を見つめながらそう囁いた。

第二章　夢か現《うつつ》か

透花が目を覚ました瞬間、見知らぬ天井が視界に入ってきた。

西園寺家の離れの薄汚れた格天井とはまったく違う。白い壁紙の張られた、明るい色の平天井だった。

どうやら西洋風の建物の一室のようだ。

時刻は真っ昼間のようで、締め切られたカーテンの隙間からは明かりが透けている。

――それよりも、ここはいったいどこ……？

自分は生涯、結界が張られた西園寺家の離れに閉じ込められ、陰鬱な生涯を送る運命が義務づけられている。

なぜこんな、見知らぬ部屋の寝台の上に寝かされているのだろう？

――もしかして、夢……？

寝台の上で身を起こしながらそう考えたが、夢にしてはあまりにも景色も五感も鮮明だ。

などと、透花が自身の状況に困惑していると。

「あっ！　気がついたんだねっ」

少年のような明るい声が突然響いてきた。

驚きぴくりと身を震わせるも、その声のした方を見て透花はさらに驚愕する。

――化け猫……!?

部屋に入ってきて声をかけてきたのは、なんと二足歩行で歩くハチワレ柄の猫だったのだ。

顔や大きさはたまに結界の中に紛れ込んでくる普通の猫と大差はなかったが、尻尾は二又に分かれ、紺色の作務衣《さむえ》を着用している。

これらの特徴は、確か猫又というあやかしだ。以前に本で読んだ覚えがある。

――あやかしって本当にいるんだ。猫又、かわいい……。

初めて目にする、人間とはまったく姿かたちの違う知性を伴う生物を見て、透花は感慨深い気持ちになった。

朔弥も半分あやかしと言えばあやかしだが、彼は人間の男性とまったく同じ姿をしているから。

そこで朔弥の顔を思い浮かべた透花は、ハッとする。

――そうだ……！　私、誕生日の祝いの席で毒華姫に体を乗っ取られて、その後は突然現れた朔弥に助けられて……！

やっと、自分の身に起きた出来事を透花は思い出した。すると、それと同時に。

「僕は有馬《ありま》って言うんだけど……。あ、それよりも朔弥を呼んでこなきゃ！」

有馬は名乗るなり、とてとてと歩いて部屋から出ていってしまった。

『朔弥を呼んでこなきゃ』という有馬の言葉から推察するに、ここは朔弥の家の一室なのだろうか。

――祝宴の場で起こったあの出来事は夢じゃないみたい。朔弥が現実に存在したのも……。

ひとり残された部屋でしみじみと透花は考える。

朔弥についてはずっと、自分の想像が勝手に作り上げた理想の男性だと信じ込んでいた。それがまさか実在の人物であり、新月の夜の夢での交流が、彼の心にも透花の存在を刻み込んでいただなんて。なんとも奇妙な出来事だ。

そんなふうに透花が考えていると、バタバタと慌ただしい足音が響いてきて、勢いよく部屋の扉が開いた。

「透花……！」

きっと急いで駆けつけてくれたのだろう。肩で息をしながら現れた朔弥は名を呼んでくれた。

「朔弥……」

ああ、本当に。本当に彼がそこにいる。

実物の朔弥を目の当たりにして、感激のあまり透花は涙ぐんでしまう。

朔弥は寝台まで早歩きで近寄ってくると、そのまま透花を抱きしめた。

「さ、朔弥……？」

「気がついたんだな……。よかった。もう君は三日も眠っていたから……」

「え……」

まさかあの後、三日も経っていたとは。

しかし今になって気づいたが、体が妙に重く倦怠感《けんたいかん》が強い。どうやら本当に透花は長い時間眠ったままだったらしい。

──朔弥の体……。温かい。

毒華姫を追い払った直後も朔弥には抱擁された覚えがあるが、意識が朦朧としていたのであまり記憶が鮮明でない。

改めて朔弥のぬくもりを感じ、『ああ、彼は本当にここにいるんだ』と透花は深く実感した。

朔弥はしばらくの間、無言で透花を抱きしめ続けてから名残惜しそうに解放すると、寝台の隅に腰かけた。そして透花を見つめ、小さく微笑む。

朔弥が離れたことで気持ちが落ち着いた透花だったが、今度はいくつかの疑問が生じた。

少しの間、封印が解けた毒華姫は、まだ透花の中にいるらしいが今後どうなるのか。

毒華姫の毒を食らったり、魅了されたりした、千蔭を含む西園寺家の者たちはどうなったのか。

透花が結界の外に出て、騒ぎが起こっていないのか。

そして、なぜ新月の夜に自分たちは夢の中で逢瀬を重ねられたのか。

「さ、朔弥。あの時、毒華姫の封印が一時的に解けて、私は体を乗っ取られてしまったけれど……。またあんなことが起こるの？」

まず、自分の身にあの時起こった変化や、今後の可能性が心配になった透花は、朔弥にそう尋ねた。

すると朔弥は、ゆっくりと深く頷《うなず》く。

「そんなに心配しなくてもいい。透花が成長して中にいる毒華姫の力が強まり、一度封印が解けてしまったが、完全に解けたわけではない。ひょっとしたらまた毒華姫が表に出てくるかもしれないが……」

「そ、そうなの……？」

心配しなくてもいいと朔弥は慰めてくれたが、また毒華姫に体を奪われてしまう可能性があると聞き、透花は青ざめた。

だがそんな透花の髪を、朔弥はそっと撫でながらこう告げた。

「だから、そこまで不安になるな。あの毒婦が出てきたとしてもまた抑えられる。俺が透花のそばにいる限りは」

「朔弥が私のそばにいる限り……？」

「ああ。透花に口づけをすれば、毒華姫の妖力を吸って弱体化できるからな。君の生気まで同時に吸い取ってしまうのが難点だし、あいつの心に支配された状態の君と……というのが気分的に癪ではあるが」

――そ、そういえば。あの時、朔弥に口づけされたんだった。

思い出し、頬を赤らめる透花。

つまり、毒華姫が出てくるたびに朔弥は透花に接吻するということである。

「まあ気分の問題に関しては、あの女を引っ込ませてから透花ともう一度唇を合わせればいいか」

「えっ!?　な、なぜ」

とんでもないことを事もなげに言われ、うろたえる透花だったが。

「上書きだよ」

朔弥は色気ある笑みを浮かべて、そう告げた。

これまで結界の中に閉じ込められ、男性と言えば兄同然の千蔭としか交流した経験がない透花は、気持ちが追いつかず俯《うつむ》いてしまう。

先ほどから頬が熱いが、耳まで熱を持っている。きっと真っ赤に染まっているに違いない。

これ以上、口づけについての話をしたらきっと思考が停止してしまう。

「あ、あの……朔弥。西園寺家の人たちはあの後どうなったの？　私がいなくなって、みんな不安に思っていないかな」

透花は話題を変えようと、慌てて問う。もちろん、毒華姫の妖術に当てられた西園寺家の人たちの身を案じる気持ちがあるのは確かだ。

すると朔弥は打って変わって強張った面持ちになり、こう答える。

「……あんな家の者たち、もう考えなくていい。忘れるんだ。透花をずっと閉じ込めて、爪はじきにしていた奴らのことなど」

静かな声だったが、どこか有無を言わせない口調だった。

どうやら朔弥は、西園寺家の者たちに怒りを覚えているようだ。

「え……で、でも。毒華姫の術にやられた人たちは無事なの……？　あと、術にやられていなかったけれど苦しそうにしていた男性……千蔭は大丈夫だった？　それだけは教えてほしいの」

朔弥の態度に気後れするも、どうしても気になったので恐る恐る透花は尋ねる。

透花だって西園寺家の者たちに負の感情がまったくないわけではない。特に鶴子に対しては、憤りや憎しみを抱いている。

しかし叔母以外の人については、衣食住を与え、十六年間面倒を見てくれた恩は一応あった。

封印が解ければ西園寺家の者たちは命の危険にさらされるのだから、透花を結界の中に閉じ込めるほかなかったのだと、彼らの行動に一定の理解もできるのだ。

するとしてを、彼らの行動に一定の理解もできるのだ。


「あんな奴らを心配するなんて。透花は優しいな」

「えっ……」

優しい？　初めて向けられた褒め言葉は、思いがけないものだった。

透花の性格など、ほとんど誰も気にしていなかった。これまで〝あやかしが封印されている呪われた女〟という扱いしか受けたことがなかったからだ。

千蔭はよく普通の女の子に対するような言葉を向けてくれたが、彼の瞳には常に透花を憐れむ光が宿っていた。

生まれて初めて、災厄の乙女という特徴抜きに誰かが自分を見てくれた気がして、透花は新鮮な気持ちになった。

「……毒華姫が『自分はまだ本調子ではない』と言っていただろ？　だから大丈夫だ。あの程度の妖術じゃ、毒で人は死なないし魅了の術も長続きしない。今頃、皆が普段通りに体を動かせているはずだ」

「そうなの……！　よかった」

透花は心から安堵した。

「それと魅了の術に耐えきった男なら、毒華姫が透花の中に引っ込んだ時点で回復傾向にあった。……君を結界の外に連れ出そうとした俺に、食ってかかってきたからな。構わずに連れてきたが」

「え……！」

どこか不敵な笑みを浮かべる朔弥の言葉を受け、透花の心は揺れた。

千蔭は透花の目付け役としての仕事を果たそうとしたようだが、毒でやられた体ではどうしようもなかったのだろう。

——千蔭、大丈夫なの？　西園寺家の人たちに責められていないかな……。

閉ざされた村の中でただひとり、自分に寄り添ってくれた千蔭の身を案じてしまう透花だったが。

「……あいつらについて俺が透花に教えてやれるのはここまでだ。もう考えなくていい。思い出さなくていい」

「えっ……。で、でも。もうちょっと詳しく知りたいの。あの人たちは一応、私の面倒をみて——」

「忘れるんだ」

食い下がる透花の言葉を、朔弥が今までよりも強い口調で遮った。さらに鋭い光を宿した瞳で見つめられ、透花は自ずと口をつぐんでしまう。すると。

「……君には俺がいればいいだろう？」

再び朔弥は透花を抱きしめ、耳元で熱っぽく囁いた。

「あ……」

「俺たちはこうしてせっかく出会えたんだ。あんな辛気くさい奴らの話なんてするなよ。なあ、透花」

透花の全身が火照《ほて》っていく。口づけの話ですら耳まで赤く染めてしまうほど初心《うぶ》な透花は、今度こそ思考停止した。

「わ、わかった……」

「……いい子だ」

朔弥は抱きしめるのをやめ、至近距離で透花を見つめ頭を優しく撫でた。

抱擁から解放され気は楽になったものの、色気ある不敵な笑みを向けられると、今度は心臓が波打つように鼓動が早くなってしまう。

──さ、朔弥と出会えてから全然落ち着かない……。

男性に包まれると、こんなにも気分が高揚してしまうだなんて知らなかった。

いつか慣れる日が来るんだろうか。

「えっと、じゃあ……。私、朔弥について知りたいの」

気を取り直し、透花は質問を変える。

「俺について?」

「朔弥とは夢の中でしか会えていなかったから、私はあなたが現実に存在するって思っていなかったの。あなたは私の妄想が作り出した都合のいい男性なんだって、信じていた……」

透花のその言葉を聞き、朔弥は口角を上げた。

「つまり俺は、透花の理想通りの男だったというわけか?」

「え!? あ……はい。そう……です……」

朔弥に抱いている想いをうっかり吐露してしまい、透花は恥ずかしくなりつつも頷いた。

「そうか。それはよかった」

大層満足げな面持ちになる朔弥。嬉しかったのだろうか。

初心な透花に対して朔弥は甘い言動ばかり続けるので、言葉を継げなくなりそうになる。しかしちゃんと聞いておかねばと、気力を振り絞ってこう続けた。

「あ、あの……! それで朔弥はどうやって私の夢の中に入ってきたの? 他人の夢に入るなんて、できるの?」

「……そうだな。どこから話せばいいのか……。まず、新月の夜だけ、透花の中にいる毒華姫の力が増すだろう?」

朔弥は真剣な面持ちになる。建設的な会話になりそうで透花は安堵するも、なぜか少し残念な気持ちにもなった。もう少しだけ、災厄のあやかしなんて関係ない、朔弥や透花自身の話をしたかったのかもしれない。

「ええ、そうみたい」

「その力がほんの少しだけ外に漏れていたんだ。君に神経を集中させていれば、その匂いを感じられるくらいにはな」

「え……！　そうだったの!?」

意外な事実に驚く透花に、朔弥は続いてこんな説明をした。

半妖ではあるが、朔弥も並みのあやかしに比べると匂いには敏感な方だという。だから透花から漏れた毒華姫の匂いを微かに嗅ぎ取れた。

しかしその匂いがどこから漂ってくるのかまでは特定できず、透花の居場所は突き止められなかった。

そこで匂いに自分の心を乗せて、透花の夢の中に入ってきたのだという。

朔弥自身には、他者の夢に入る能力はない。しかし、人間の悪夢を食らったり対象に特定の夢を見せたりする、夢にまつわるさまざまな能力を持つ貘《ばく》というあやかしが存在するらしい。

朔弥は父の知り合いである貘の力を借り、新月の透花の夢に自分の心を潜り込ませたのだ。

「そんなことができるのね……！」

人間の悪夢を食す獏については知識として持っていた透花だが、まさか他者の夢に入り込めるなんて驚きだった。

「そして三日前のあの日。災厄のあやかしの封印が一時的に解け、その妖気は強く外に漏れた。俺はそれをたどって、透花の元に現れたというわけだ」

「そういう経緯だったのね……」

朔弥の説明は納得のいくものだった。

もちろん、災厄のあやかしの匂いをたどるだとか、獏の力を借りて夢の中に入ってきたのだとかは、人間の常識に照らし合わせると奇想天外ではある。

しかし、あやかしたちは人間には持ちえない特殊な能力を持っていると透花は知っていた。あやかしや半妖にとっては、そんなに稀な出来事でもないのだろう。

そう、ここまでは理解できた。だが、しかし。

「ねえ朔弥。どうしてそこまでして、毒華姫の匂いをたどったの？　なぜ私なんかの夢に現れてくれていたの？　なぜ私を助けてくれたの？」

その点については今のところまったくわからない。

なぜ朔弥は、災厄の乙女である透花などを気にかけ、苦労して迎えに来てくれたのだろうか。

　すると朔弥は神妙な面持ちになり、口を開いた。

「それも知らなくていい」

　また、有無を言わせないような強めの口調だった。

「え……」

「透花はもう、なにも不安に思う必要などない。この世の汚いことや醜いことなんて知らなくていい」

「で、でも……！」

　朔弥に関することはやはり気になるし今のうちに詳しく知っておきたくて、透花は食い下がる。

　しかし朔弥はそんな透花を至近距離から再びじっと見つめた。

　静かだが強い光を宿した彼の双眸はあまりに美しく、透花は息を呑《の》む。この瞳をまっすぐに向けられると、すべてがどうでもよくなってしまう気がした。

「……今までずっと、狭い結界の中に閉じ込められていたんだ。余計なことは考えずに、ここで俺とふたりきり、平穏に暮らせればそれでいいじゃないか」

「朔弥……」

「もう透花を誰にも触れさせない。誰にも穢《けが》させない。俺は君を生涯大切にする」

戸惑う透花の顎に優しく手をかけると、朔弥はゆっくりとその端正な顔を近づけてきた。

朔弥のこの動作には既視感がある。毒華姫に体を乗っ取られ、彼に口づけをされた時だ。

——ま、まさか!?

接吻の予感がした透花は体を強張らせ、目をぎゅっと固く閉じた。

しかし想像とは異なり、朔弥は透花の頬に優しく口づけたのだった。

だがそれすらも初心な透花には経験のない出来事だったので、恥ずかしさのあまり結局体を火照らせてしまう。すると。

「朔弥ー!」

透花が目覚めた直後に声をかけてくれた猫又の有馬が、再び部屋に入ってきた。

「有馬、どうした」

「また鬼門を突破して人間界にやってきたあやかしが現れたよ。ここから三里先の村で暴れてるって!」

有馬の報告を聞き、朔弥は小さく舌打ちをした後、冷静な声でこう答える。

「そうか。……透花、俺は仕事に行かなければいけなくなった」

「仕事……」

――そうだわ。朔弥は紅眼の軍神……。

あやかし界の頭領であり、朔弥の父でもある酒呑童子から命じられ、人間に害をなす凶悪なあやかしの討伐に日々勤しんでいるはずである。

つまり今日も今から、あやかしを打ち負かしてくるというわけだ。

――よく考えたら、とても危険な仕事よね。今までは大丈夫だったみたいだけど、ちょっと心配……。

「迎えたばかりなのにすまないな、透花。有馬、透花を頼んだぞ」

「はーい」

朔弥の身を案ずる透花には気づいていない様子で、有馬に言づけすると部屋から出ていってしまった。

「透花ー。じゃあそういうわけで、朔弥は忙しそうだから僕が透花のそばにいるね！僕はこの屋敷の家事全般や朔弥の身の回りの世話をしている、朔弥の付き人……じゃないか、付き猫なんだ。なにか困ったら言ってよ〜。早速なにかあったりする？」

二又に分かれた尾を機嫌よさそうに振りながら、有馬がにこやかに言う。

「あ……。今は特に大丈夫よ。ありがとう、有馬くん。私なんかより朔弥は大丈夫かな？　あやかしと戦うなんて、危険が伴うだろうから……」

そう尋ねると、有馬は笑顔を浮かべたままこう答えた。

「朔弥ならきっと大丈夫だよ！　とっても強い軍神さまだからねっ。まあちょっと怪我して帰ってくることもあるけど、いつもひと晩で治っちゃうみたいだし」

『怪我』という言葉には少し不安を覚えたものの、一夜で回復するならそれほど心配する必要もないだろう。

有馬の回答に、透花は安堵する。

「そう、よかった」

「まあでも、今日はやっぱり朔弥も仕事に行きたくなかったみたいだね〜。だって朔弥、透花が目を覚ました時にはたまたま部屋にいなかったけれど、用事がない限りずっとそばにいたんだよ？　絶対、今日は透花と一緒にいたかったよね！」

「えっ。そ、そうだったの？」

有馬の言葉に驚かされる透花。

「そうだよー！　朔弥は超かっこいいのに、これまでずっと女の子に興味がなくってさ。それが突然こんなにかわいい女の子を連れてきたから、僕びっくりしたけど嬉しくて！『透花は俺以上に大切に扱え』って言ってたよ」

ふざけながら朔弥の声真似をする有馬は、嬉々《きき》とした様子に見える。

――朔弥が私を大切にしようとしているのは、本当みたい……。

そう考えると、改めて喜びが込み上げてくる。

だが、どうしてそんな深い想いを透花に抱いてくれるようになったのか。きっかけはなんなのだろう。また、なぜ透花が知りたがっている事柄に朔弥は答えてくれないのだろうか。

有馬と会話しながらも、朔弥の言動に対して少しの疑問を抱く透花だった。

その日は、三日間眠って起きたばかりということもあって、体の倦怠感が抜けず、透花は寝台の上で寝て起きてを繰り返しながら一日を過ごした。

様子を見に来た有馬と会話をしたり彼が作ってくれた粥《かゆ》を食したり、湯あみをしたり仮眠を取ったりしているうちに、夜になってしまった。

洋風の窓から見える夜空に煌《きら》びやかな星が瞬く時間になったが、朔弥は仕事から戻ってきていない。

——あやかしの討伐って、きっと大変よね。有馬くんはいつも軽い怪我しかしないって言ってたけど、やっぱりちょっと心配。あやかしは人間にはない特別な能力を持っているって聞くし……。

この世界には、人間が暮らす人間界とあやかしが住まうあやかし界が存在し、ふたつの世界は全国各地に散らばる『鬼門』という道によってつながれている。

異種共存宣言が結ばれた後でも、人間を下等な生物だと信じて疑わないあやかししたちは多く、鬼門を通って人間界に渡っては、人間を食らったりその財産を奪ったりと好き放題に振る舞っているのだった。

人間にとってあやかしは強大であり、決して敵わない存在だという認識が一般的だ。軍神と呼ばれるほど朔弥は戦いに長けているらしいが、果たして半妖の彼が純血のあやかしに太刀打ちできるのだろうか。

寝台にあおむけになりながら、夜が更けても帰宅しない朔弥の身を案じる透花。ついさっきまで睡眠を取っていたからか、まったく眠くならない。

手持ち無沙汰になり、寝返りを打とうとした透花だったが。

廊下を誰かが歩く音が微かに聞こえ、ハッとして上半身だけ起こす。

有馬は猫で足に肉球が付いているため、走らない限りまったく足音が聞こえない。

つまり、この音を立てている者は——。

「……透花、起きていたのか」

おそらく、もし透花が眠っていたら起こさないようにと、なるべく音を立てずに朔弥は部屋に入ってきたのだろう。

しかし透花が寝台の上で座っていたので、少々驚いたように目を見開いている。

「ええ、眠れなくて。……！　朔弥っ。その怪我！」

青白い月明かりのみが、寝台の傍らに佇む朔弥を照らしていた。ほのかな光のせいで、彼が近寄るまで透花は気がつかなかった。

朔弥が着用している着物はところどころ破れ、その穴からは無数の擦り傷、切り傷、火傷らしき怪我が見え隠れしている。

また頭部を怪我しているのか、朔弥の美しい顔には幾筋もの血が流れた痕があった。

――これはひと晩で治る怪我ではないわっ！

「ひどい怪我ね……！　早く手当てをっ。有馬くんを呼ばないと！」

「大丈夫だ。寝れば治る」

慌てふためく透花だったが、朔弥は静かに答える。

「えっ……！　こんなひどい傷、寝ただけでは治らないと思うのだけど……」

どう考えても、消毒などの処置が必要な怪我だ。腕の深い傷なんて、縫合した方がよさそうにも見える。

「治るんだ、俺は」

寝台に腰を掛け、朔弥は断言した。

自分に心配をかけないために朔弥が『大丈夫だ』とやせ我慢をしているのかと考えていた透花だったが、彼があまりにもきっぱりと言葉を紡ぐので自信がなくなってきた。

「本当に治るの……？　痛くないの？」

「治るさ。痛みはないわけではないが……透花を抱いて寝れば、そんなものどこかに消し飛ぶだろうな」

「え!?」

色気ある笑みを浮かべた朔弥は、戸惑う透花の両肩をそっと掴み、そのまま寝台に押し倒してしまう。

――だ、抱くって。もしかして夜伽《よとぎ》!?

小説で得た知識だが、男女の営みについて一応透花は知っていた。

自分には一生縁のない事柄だと思い込んでいた。しかし物語の中で男女の艶めいた描写があると、なにかいけないものを見ているような背徳感と共に、胸の高鳴りを覚えた記憶がある。

――そ、そうだわ。朔弥は私を嫁にするために迎えてくれた。だから今ここで朔弥に体を求められても、なんらおかしくない……!

どうして今まで気がつかなかったのだろう。

だが、まだ心の準備ができていない。もっと念入りに体を綺麗にしておけばよかった。

初めては痛いとか苦しいとか文書には記してあったが、どうなのだろう。

後悔やら興味やら恐怖やらで、透花は混乱した。

「あ、あの……！　さ、朔弥、わ、私、まだ心が……！」

とにかく慌てふためいた透花は、うまく言葉が出てこない。朔弥はなにも答えず、
透花を後ろから抱きしめて体を密着させた。

——どうしようどうしよう。私、まだ怖い……！

だが、朔弥が今、体を重ねたいと望むのなら、透花は受け入れるしかない。

朔弥は自分を深淵な闇から救い出してくれたし、ずっと恋焦がれていた相手でもある。そんな彼の望みはなんでも叶《かな》えたい。

体を強張らせながら、腹をくくった透花だったが。

次の瞬間、耳元で聞こえてきたのは、朔弥の規則正しい寝息だった。

「朔弥……？」

呼んでみるも、返事はない。

どうやら本当に朔弥は眠ってしまったらしい。透花を文字通り抱いたまま。

『抱く』という朔弥の発言を深読みしてしまった自身を恥じながら、本日は情事に至らないようで透花は心から安心した。

——よく考えたら、朔弥は全身傷だらけだものね。夜伽なんてするわけがないか。

だけど、本当に眠ったら傷が治るのかな？

いまだに半信半疑だったが、朔弥に背後から包み込まれているこの状態は、冷静に

物事を考えられない。

朔弥のぬくもりが直に伝わってくるのは心地よかったけれど、自分の心臓の鼓動があまりに早く、そして大きく、全然落ち着かない。

——朔弥はもう眠ってしまったけれど。私はまったく寝られる気がしない……。

朔弥の抱擁を受け、そう考える透花だったが、次第に朔弥の体温が与える安らぎの方が勝ってきた。

結局、透花も朔弥の腕の中でいつの間にか眠ってしまったのだった。


『——透花さま。結界から出るなんて愚かな考えなど起こさないようにお願いします』

『あなたは生涯この中で、ひとりきりで生きるのです。それが皆の……人間のためなのです』

突然、結界の中に追いやられ泣き叫ぶ透花に、西園寺家の従者の者が冷淡に突き放す。

——どうしてどうして。いったい私がなにをしたって言うの？

『あの化け物からは毒が出ているかもしれない……。今後は結界には近づかないようにしなくては』

——やめて。私をひとりにしないで。寂しい、寂しい……。

『目が合うだけで毒華姫に殺されるって聞いたぞ。恐ろしい女』

――お願い。誰か……。誰か、私を助けて――！

「……っ！」

ぱちりと瞼が開いた時、透花の全身が寝汗でびっしょりになっていた。それまで眠っていたはずなのに呼吸が荒く、心臓が不快な脈を打っている。

悪夢にうなされていたようだ。

朔弥との逢瀬がある夜以外の日は、ほぼ毎晩、透花は同じ夢を見る。

実際に、透花の身の上に起きた過去の出来事のうち、恐ろしかった場面のみをつなぎ合わせたような夢を。

――そう。私は災厄の乙女……。結界の中で一生を過ごし、ただ生かされているだけの不吉な存在。悪夢はきっと、そんな事実を私に思い知らせている……。

改めてそう考えた直後、透花は自分がいるのがいつもの辛気くさい結界内の一室ではないことに気づく。

――毒華姫に体を乗っ取られた私を朔弥が助け、結界の外に連れ出してくれた……。

でもそんな幸せな出来事、私に起こるわけがない。

ああ、なんて都合のいい夢なのだろうか。

きっとこの洒落《しゃれ》た洋室も、柔らかい寝台も、自分自身が生み出した妄想に違いない。これが現実だと喜んだ瞬間、きっといつもの西園寺家の離れの中で目を覚まし、自分は絶望するのだ。

ある意味、いつものわかりやすい悪夢よりも恐ろしい。

――そう。これはきっと夢。私は一生結界の中に閉じ込められ続ける存在。そんな私に幸せなんて訪れるはずがないんだから。

そう思い込んだ透花は、寝台の上で寝返りを打った。すると。

「透花。起きたのか。うなされていたようだったが大丈夫か」

透花の視界を支配したのは、自分の方を向きながら寝そべっている美男……そう、朔弥だった。

「さ、朔弥っ！」

驚きのあまり透花は飛び起きてしまう。そしてようやく、就寝前に自分の身に起こった出来事が透花の脳内に蘇った。

仕事をして負傷した朔弥に抱きしめられながら、眠りについたことを。さらに、朔弥に関する一連の出来事が夢ではなく、紛れもなく現実であることを。

昨日目覚めた時は、珍しく夢を見なかったからすんなりと現実だと受け入れられたのだろう。

嬉しさが込み上げてくると同時に、気恥ずかしさで顔が真っ赤になってしまう。

――わ、私、朔弥に抱きしめられながら眠ってしまったんだ……！

夜伽にまでは至らなかったが、朔弥と物理的に密着していたと考えるだけで、初心な透花には刺激が強すぎる。

「お、おはよう朔弥。わ、私は大丈夫。ちょっと嫌な夢を見ただけで……」

たどたどしい声でそう告げると、朔弥はゆっくりと身を起こしながら不敵に微笑む。

「そうか。少し苦しそうに見えたから、そろそろ起こそうかと考えていたところだ。……口づけでもしてな」

「え!?」

「冗談だ」

美しい赤い双眸でじっと見つめながらそんな言葉をかけてくるから、あまり冗談に聞こえない。

――さ、朔弥ってば。もしかして私をからかって楽しんでいるんじゃ。

少しの悔しさを覚えながらも、朔弥の体に目を向けた瞬間、透花はあることに気づきハッとする。

「朔弥……！　怪我が治っている！」

眠る前は全身痛々しい傷だらけだったというのに、すべてが綺麗さっぱりふさがっていて痕すら残っていない。

流れていた血液もなくなっているが、それはおそらく拭き取ったのだろう。

「寝れば治る、と昨日言っただろう？」

朔弥はどこか得意げな顔をするが、驚きの光景に透花は目をぱちくりさせていた。

「確かにそうだったけれど……。まさかここまで綺麗に治るなんて」

「いつもよりも治りがいい気がする。透花を抱いて寝たおかげだろうな」

「あ……」

また色っぽいことを告げてくるので、返す言葉が見つからない。恋愛のれの字も知らない透花にとって、甘い朔弥の態度はいちいち戸惑わされるものだ。

——そ、そういえばなにかの本で読んだのを思い出した。あやかしは生命力が強いって。特に鬼は。

半分鬼の血を引いている朔弥にも、その性質があるのだろう。

しかし傷だらけの朔弥の姿は今思い出すだけでもいたたまれない気持ちになる。

すぐに治るとはいえ、怪我を負った瞬間の痛みは感じているはずだ。

——朔弥はいったい、どんな危険なあやかしと戦っているの……？

そんな不安を覚えた透花だったが。

「……あっ」

その時、ぐう、と透花の腹の虫が大きくなったので、恥ずかしくなって声を漏らしてしまう。

そういえば、昨日の昼間に少し粥を食しただけで、朔弥と現実で出会ってからほとんどちゃんとした食事を取っていない。

有馬は夕食を用意してくれていたが、湯あみ後の夕食直前から朔弥が帰宅する直前まで透花は眠ってしまったので、夕食を食べそびれていたのだ。

朔弥は「ふっ」と小さく鼻で笑った後、優美な微笑みを浮かべてこう告げた。

「ちょうど今、有馬が朝食を作っている。もうすぐできあがる頃だから、三人で一緒に食べよう」

「……え、ええ。ありがとう……」

消え入りそうな声で透花は答える。

朔弥はおもしろがっているようだったが、男性に腹の音を聞かせてしまうなんて。穴があったら入りたいと、普段ほとんど他人と関わったことのなかった透花は、生まれて初めてそんな感情を抱いたのだった。

「……おいしい。とってもおいしいわ！」

綺麗な焼き色のついたバターののったトーストをひと口かじった透花の口から、正直な感想が出た。

有馬が作ってくれたのは、トーストにハムがのった目玉焼き、野菜スープといった、洋風の朝食だった。デザートには、色鮮やかな果物を使用したフルーツポンチまで用意されている。

村での朝食はいつも和風だったため、透花はとても新鮮に感じた。

また、朝食の場所は屋敷内の食堂だった。白いテーブルクロスのかかった丸い洋風のテーブルを、透花と朔弥、有馬の三人で囲んでいる。

白い清潔感のある壁紙に、床には繊細な花柄があしらわれた絨毯《じゅうたん》、少し開けた窓から入ってくる朝の新鮮な空気。

食堂は、とても爽やかで幸福感すら覚えるほどの空間となっていた。

「そうか。透花の口に合ったのならよかった。有馬の作る料理はどれも絶品なんだ」

「お昼ご飯と晩ご飯も楽しみにしててね！　おやつも！　あ、透花はなにか苦手な食材とかある？」

なぜか満足げな面持ちの朔弥と、耳をピンと立ててご機嫌な様子の有馬が声をかけてくる。

「苦手なもの……。特になにもないかな」

西園寺家での食事を思い出し、透花の心が曇る。

出されたものを綺麗に完食しないと、『災厄のあやかしが食事を気に召さなかった』などと西園寺家の者たちに騒ぎ立てられた。

だから食事は、ただ胃の中に物を詰め込む作業だった。

しかし西園寺家の者たちの反応を気にする必要がなくなった今、透花は素直に味を感じられたのだ。香ばしく、バターのしみ込んだふわふわのトーストが、なんておいしいのだろうと。

「そうなんだね！　作りがいがあるなあ～。じゃあ、今日のお昼はオムレツでも作ろうかな！　夜はとんかつとか……あ、おいしそうな鯖《さば》が入ってきたから鯖の味噌《みそ》煮《に》も作ろう！　デザートはきな粉もちで……」

「おいおい有馬、透花がやってきて張りきってくれるのは嬉しいが、作りすぎるなよ？　俺たち三人ではそんなに食べられないぞ」

呆れたように朔弥が釘《くぎ》を刺すと、有馬はかわいらしい前足で頭をかいた。

「それもそうだね。あはは」

有馬が笑い声を上げると、朔弥も頬を緩ませているのが見えた。透花自身からも、自然と「ふふっ」という声が漏れてしまう。

――食事ってこんなに楽しい時間だったんだ……。

それまでの孤独な作業とはまったく異なり、深い幸せを感じられて、透花は感慨深くなる。ほんの少し涙ぐみさえしてしまったのだった。

「その着物もかんざしも、透花によく似合っている」

目の前に立てかけられた姿見越しに目を合わせ、朔弥はそう告げた。

朝食の後、透花が朔弥に連れてこられたのは屋敷の一室だった。

寝室とさほど変わらない広さの部屋には、たくさんの女性ものの衣類と装飾品が置かれている。

着物や浴衣、帯などはもちろん、帝都で流行しているワンピースやスカートなどの洋装、舞踏会で着用するような煌びやかなドレスまで揃《そろ》っていた。

装飾品もかんざしなどの和物から、首飾りや耳飾り、腕輪といった洋装にぴったりのものまで、数多く飾られている。

あのキラキラした細工が施された小さな装飾品はなにに使うのだろうと、透花にとってはよくわからないものも多い。

すべて、いつか透花を迎えるためにと朔弥があらかじめ用意してくれたものだ。

「あ……ありがとう」

透花はたどたどしく礼を述べる。

目がくらむほどの衣類と装飾品の数々に気後れしてしまったが、先ほど朔弥には

『俺が好きで集めたのだから、気にするな』と事もなげに言われてしまった。

透花は一応、西園寺家の令嬢という立場ではあったが、災厄の乙女であるがため身につけるものは最低限だったし、装飾品を使用する機会なんて年に一度の誕生会でのみだった。

だから自分のためだけに用意された美しいものたちを前にすると、嬉しくはあったが戸惑いの方が大きかった。

――どれも高価そう……。私だけのために、こんなに用意してくれたの？

思えば、朔弥は有馬とふたりで暮らすには随分大きな屋敷に住んでいる。

朔弥は天下の酒呑童子の息子だし、人間の軍人たちを統率している軍神なので、財産は多いのかもしれない。

「……すまない透花。いきなりこんなにたくさんの贈り物をされたら、驚いて気後れしてしまうよな」

透花が困惑しているのに気づいたのか、朔弥がどこか申し訳なさそうな顔をする。

だから透花は慌ててこう答える。

「ううん……！　朔弥、違うの……とても嬉しいの。だけど私なんかが、こんないい思いをしていいのかなって。私、災厄の乙女なのに。毒華姫が体に宿っている、不吉な存在なのに……」

「透花……」

「少し前の私の状況と違って、あまりに幸せすぎて……。やっぱりこれは全部夢なんじゃないかって、考えてしまうの」

微笑んで紡いだ言葉なのに、自然と少し悲しげな声になってしまった。

今朝目覚めた時だって『こんな幸せ、私に訪れるはずがない。夢に違いない』と真っ先に思った。

今だってなお、これは本当に現実なのかという疑いが完全に消滅したわけではない。

突然夢から目が覚めて、やはり自分は結界の中の離れにひとりきりで、一生外の世界を見られない境遇を仕方ないと諦めるのではないか。

そして、自由を望んでしまう日々に戻されるのでないかと、やはり心のどこかでふと考えては恐怖してしまう。

幸福を感じれば感じるほど、『こんな幸せ、幻に違いない』という不安がどうしても湧いてくるのだった。

「……俺も夢みたいだって思っているんだ」

そう囁くと、朔弥は透花を後ろから抱擁した。

「あ……」

「ずっと新月の幻想の中でしか会えなかった透花が今、ここにいて。こうして触れ合えて。夢のように嬉しいんだ」

「朔弥……」

朔弥は透花を抱きしめたまま、そっと髪を撫で始める。

「だから、もういいだろう？　災厄の乙女だからとか、自分の中に毒華姫がいるからとか。そんなしがらみ、俺が全部なんとかしてやる。透花は俺と一緒にいて、ただ笑ってくれていればいい」

「……ありがとう、朔弥」

現在の透花が抱いている不安のすべてを払拭するような朔弥の言葉は、本当に嬉しかった。

姿見越しにふたりは微笑み合う。

だが、しかし。

千蔭のこと。残してきた西園寺家の人たちのこと。朔弥がどうして自分をこんなに大切にしてくれるのか。

さまざまな疑問点を抱えたままでは、真正面から朔弥の愛情を受け取るのはどうしてもはばかられてしまうのだった。

第三章　軍神の力

透花が朔弥の屋敷で目覚めてから数日が経過した。

朔弥は衣服や装飾品の他にも、書物や化粧品など、女性が好むものはなんでも用意してくれていた。

そのうえで、さらに『なにか欲しいものがあるか。なんでも用意するから遠慮なく言ってくれ。透花の望みならなんでも叶える』と告げた。

しかし、自分の欲するものを与えられる経験などほとんどない透花は、ただでさえこの状況に気後れしてしまっていたから、もちろん新たになにかを要求しはしなかった。

また、朔弥は日に何度も透花を抱擁し、髪を撫で、甘い言葉を耳元で囁くのだった。

だが初心な透花の心情を察しているのか、それ以上の行為には及ばない。

結界の中でひとり孤独に過ごしていた日々とは打って変わって、余りあるほどの愛情を与えられる毎日だった。

だがやはり、朔弥に『忘れるんだ』とこれ以上の追及を拒まれた事柄については、わからないままだった。

何度か勇気を出して尋ねようとはしたが、おそらく朔弥は教えてくれないだろうと考えると、口をつぐむしかなかった。

——きっと、私が知らない方がいい事柄があるのね。朔弥の言う通り、本当に忘れた方がいいのだろうけど……。

　何度もそう思ったものの、西園寺家のその後も、朔弥が透花をどうして見初めたのかも、自分に深く関わることなので、どうしても気になって仕方がない。

　――朔弥、私に知られると不都合でもあるの？　本当に私はこのままここにいていいのかな……。

　だんだんと、そんな不安が増大してくる。

　なお、朔弥はこの数日間に何度かあやかし討伐の仕事に出向いた。そして毎回負傷して戻ってくるのだった。

　骨折などの重傷すらなかったものの、深い切り傷や痛々しい火傷などは毎回で、透花はいたたまれなかった。

　また、そのたびに朔弥は透花を抱き枕のように抱えて眠った。そして朝には傷が完治していた。

　朔弥に抱かれて眠るのはやはり毎回ドギマギするため慣れなかったが、自分の体が彼に癒やしを与えているのだと思うと嬉しくもあった。だが、それにしても。

　――朔弥が半鬼だから傷はすぐに治るけれど。彼と一緒にあやかしと戦っているっていう人間の軍人さんたちは大丈夫なのかな……。

　人間ならば数週間は痛むような怪我を朔弥が負っている場合も多々あったのだ。

いったいどれほど危険な戦いに朔弥は挑んでいるのだろう。

そんな心配が増大してきた頃、また朔弥は仕事のために家を空けることになった。

「では行ってくる。たぶん、夜には戻るからな。その間、透花を頼んだぞ、有馬」

「はーい。今日はこの近くの山に現れた土蜘蛛《つちぐも》の討伐だったね」

朔弥に返事をする有馬の言葉を、注意深く聞く透花。

この近くの山。それはおそらく、屋敷からも見える南にある小高い山だろう。

透花でも歩いて向かえそうなくらいの近距離だ。

「ああ、そうだ。……透花、有馬と一緒に待っていてくれ。危険だから決して屋敷から出ないようにな」

透花の頭をふんわりと撫でながら、朔弥は言う。念を押すような口調だった。

「……はい」

複雑な気持ちになりつつも、透花は静かに返事をした。

今、自分の中にある計画は彼への裏切りになるのだろうか。

――でも私は……。なにも知らないまま幸せになってはいけない気がする。

朔弥が出発した後。庭で鼻歌を歌いながら洗濯物を干している有馬に気づかれぬよう、透花も屋敷を出た。そして朔弥が向かったと思われる山へと歩く。

舗装されていない道はなかなか進みづらかったが、ひとりで外を出歩く経験もない透花にはとても新鮮で、見たことのない花や蝶に出会うと、興味深くていちいち目で追ってしまった。

そんなこんなで山に到着し、半刻ほど歩いた時。

少し離れた場所から、キンキンという金属音や、男性の声が微かに聞こえてきた。

金属音は刀が触れ合う音だろうか。

──きっとこの先で朔弥たちが戦っているのね……！

気づいた透花は、駆け足で音のした方を進む。

すると少し開けた草原の中で、朔弥の姿があった。

朔弥の前には土蜘蛛らしきあやかしが何体もいた。

土蜘蛛は昆虫の蜘蛛のような形状だったが、牛や馬ほどに大きく、さらに人間のような顔がついていた。

その異形の姿を透花が大層不気味に思っていると、朔弥は目にも留まらぬ速さで刀を振るい、次々と土蜘蛛たちを切り倒していた。

──すごい！　あれが紅眼の軍神と呼ばれる朔弥の強さなのね……！

人智《じんち》を超越するような朔弥の動きに透花は圧倒されるも、彼の周りにはいまだに何体もの土蜘蛛がいる。

朔弥が土蜘蛛に切りかかると、他の個体が朔弥の背後や横から攻撃を仕掛けてくるのだ。

土蜘蛛たちの攻撃力は大したことはなさそうだが、多勢に無勢であるため、朔弥は確実に傷を増やしていった。

──朔弥ひとりでは無理よ……！　他に軍人さんはいないの!?

軍神は人間の軍を配下に持ち、あやかし討伐時には彼らを率いていると透花は聞いている。

きょろきょろと辺りを見渡すと、遠巻きに朔弥と土蜘蛛の様子を見ている軍人たちの姿を発見した。

しかし、彼らが朔弥に加勢する様子はまったくない。

なぜだろうと不思議に思った透花は、茂みで身を隠しながら人間たちにこっそり近づいた。すると。

「やはり朔弥さまはお強い……。今日もなんとすばらしい身のこなしだ」

「ああ。俺は今日初めてこの隊に配属されたんだが、あの鬼神のような戦いぶりには惚れ惚れしてしまう……」

「そうだな……。私たち人間が加勢したところでかえって朔弥さまの邪魔になってしまうだろう」

人間の軍人たちからそんな会話が聞こえてきたのだった。

皆、朔弥に羨望の眼差しを送っているし、声にも尊敬の念が含まれていると透花には感じられた。しかし。

――この人たち、朔弥が傷を負いながらひとりで戦っているのを見てもなにも思わないの？　彼の力になろうって、考えないの……？

人間たちは朔弥を崇拝するような言動をしているものの、彼に加勢する気配はない。

結局、わが身かわいさで朔弥を都合よく使役しているようにしか見えなかった。

また、朔弥も朔弥で人間たちにいっさい助けを求めなかった。

新月の夢の中で会った、朔弥のある日の言葉を透花は思い出す。

『だから俺は鬼でも人間でもない中途半端な存在……。半妖なんだよ』

どちらの仲間にも入れない朔弥は、人間に引け目を感じているのだろうか。

大勢いた土蜘蛛たちはどんどん数が減っており、そのうち朔弥が全滅させることは間違いない。しかし朔弥の体の傷も如実に増えている。

「……今日は朔弥さまも苦戦しているようだ」

「仕方がないだろう、あれだけ土蜘蛛の数が多いと」

「だが、朔弥さまならば勝利するさ。我らの軍神なのだから」

体の至るところから流血している朔弥を見ても、人間たちは心配する様子は見せず、ただ朔弥を都合よく褒めたたえるのみ。

――どうして？　どうして傷を負った朔弥を見ても、みんな平然としていられるの？　すぐに治る怪我だといっても、痛みは感じるのに……！

人間たちの態度に憤りを覚えるも、透花はどうしていいのかわからなかった。

相手は屈強な軍人の男たちである。非力な女である透花が物申すなどできるはずがない。

そもそも自分から他者とほとんど関わった経験がない透花に、見知らぬ人間との対話は荷が重すぎる。

それに朔弥には、屋敷から出ないように言づけられている。ここで透花が出ていくわけにはいかないのだった。

結局透花は、朔弥が土蜘蛛たちと戦う様子を隠れて見つめるほかなかった。

その後、朔弥は土蜘蛛たちを全滅させたが、軍人たちの話によると、実は親玉にはすでに逃げられていたらしい。

朔弥は人間たちに「朔弥さま、お疲れ様です。今日も戦神のような強さでした」「しかし土蜘蛛の長は逃亡した模様……。後日討伐をお願いします」などと、ねぎらわれながらもさらなる任務を押しつけられていた。

その様子をもう見ていられなかった。透花は踵《きびす》を返し、朔弥が戻ってくる前に帰宅しようと心に決める。

本当は、今すぐにでも傷を負った朔弥に寄り添いたかった。朔弥に危険な仕事を強いて、安全なところで見物しているだけの人間たちに物申したかった。

——朔弥はあんなに傷ついているのに。私はなにもできないの？

山のふもとに差しかかった頃、朔弥を思うあまり瞳からは大粒の涙が流れる。そのせいで視界が歪んだ。

しかし早く戻らなくてはと、腕で涙をぬぐおうとする。その時だった。

顔に持っていた手首が、誰かによって掴まれたのだ。

「えっ……！」

驚愕し、透花が身をすくめると。

「透花……！　やっぱり透花だなっ」

「ち、千蔭!?」

なんと、透花の手を握ったのは千蔭だった。

「よかった……！　無事だったんだな。ずっと捜していたんだぞ！　……ってお前、泣いていたのか!?　お前を連れ去ったあの男……紅眼の軍神にひどいことでもされたのか!?」

最初は微笑んでいた千蔭だったが、透花の涙を見て気色ばむ。

「な、なにもされてない……！」

朔弥が悪者にされてしまうと、透花は慌てて否定する。

抱擁されたり髪を触れられたり抱き枕にされたりはしたが、千蔭が想像するような目には遭っていない。

「本当かよ⁉」

「本当よ！　……そうだ！　千蔭は大丈夫だったの？　私、毒華姫に体を乗っ取られて倒れた後、朔弥の家で目を覚ますまでのことがなにもわからなくて……。他の西園寺家の人たちの様子は？　私がいなくなって騒ぎになっていないの？」

千蔭に出会えたのがこれ幸いと、朔弥が決して言おうとしなかったことについて彼に尋ねた。だが。

「それより、今すぐあの男から離れるんだっ」

千蔭から返ってきたのは、予想外の言葉だった。

「え……。それは私に結界の中に戻れという意味？」

結界外で毒華姫の封印が解けてしまえば、ただ事では済まない。それは透花自身、重々承知している。

だが今の千蔭の言葉は、朔弥自身が危険な者だという意味が込められているような印象を受けた。

「それももちろんあるけど！　あいつは透花の力……災厄の力を手に入れようとして

いるんだっ。お前を利用するために連れ出したんだよ！」

「え……？」

――朔弥が災厄の力を手に入れようとしている？　私を利用するために連れ出した……？

千蔭がなにを言っているのかまったく理解できず、透花は呆然としてしまう。

するとその時だった。

「おい貴様。俺の透花になにを吹き込んでいやがる……！」

背後から、低く掠れた男性の声が聞こえてきた。

聞き覚えのある声だが普段よりもあまりに弱々しくて、驚きながら透花は振り返る。

「さ、朔弥……！」

土蜘蛛との戦いを終え、人間の軍人たちを撤収させたらしい朔弥が佇んでいた。しかし立っているのもつらいようで、抜いたままの刀を地に突き刺し杖《つえ》のようにして、体を支えている。

戦闘の様子を盗み見していた透花は、朔弥の負傷加減を知っていた。

しかし改めて間近で見ると、皮膚がえぐれて血が滴り落ちている様子があまりに生々しく、胸が張り裂けそうになる。

「と、透花に嘘《うそ》を吹き込んで連れ出したのはお前の方だろう！」

ただ事ではない様子の朔弥に千蔭は気圧《けお》されたようだったが、透花のことの方が重要らしく、うろたえながらも反論する。すると。

「黙れ、この人間風情が……。透花を閉じ込めることしかできなかった、この無能……が……」

千蔭に尖鋭《せんえい》な視線を突き刺しながら朔弥は言い返すも、次第にその声は弱々しくなっていき、なんとその場に倒れ伏してしまった。

「朔弥っ！」

透花は千蔭の手を振り払い、朔弥に駆け寄る。

朔弥の名を何度も呼ぶも、彼は意識を完全に失っているようで「う……」と呻き声を上げるだけだった。

「透花、そいつは……」

「千蔭お願い！　朔弥を彼の屋敷まで運んで……！　お願いだからっ」

涙を浮かべながら千蔭に懇願する透花。

倒れた朔弥はこのまま放置し、透花を彼から引き離したいのが千蔭の本音だろう。

これまでの言動から、そう考えられた。

だが、怪我をして倒れた朔弥を放っておくなんて透花には考えられない。千蔭の言うように、たとえ朔弥が透花を利用しようとしているのだとしても。

　すると、千蔭は深く嘆息した後。

「……わかったよ。仕方ないな」

　と、疲れた声で了承してくれた。

「千蔭……！　ありがとう！」

「透花の頼みだしな。それに俺だって、さすがにひでー怪我してぶっ倒れた奴をこのまま置いていくのは寝覚めわりーわ」

　苦笑いを浮かべ、千蔭は朔弥をひょいと抱えた。そして透花の案内のもと、朔弥の屋敷へとふたりで向かったのだった。


　屋敷に戻り、千蔭が朔弥を寝台まで運んでくれたが、彼は意識を失ったままだった。

『今回は朔弥の怪我がひどいねえ』

　寝台で寝息を立てる朔弥を見て、有馬は顔をしかめていた。

　しかし有馬に特に慌てる様子はなかったので、いつものようにひと晩で回復する程度の負傷なのだろう。

　寝台のそばに持ってきた椅子に座り、透花は朔弥の顔を見つめていた。美しい顔に幾重にも赤い筋が入っており、痛々しい。

「……透花。さっきの話の続きだが」

透花の傍らに立っている千蔭が、重苦しそうに口を開く。

つい今まで有馬もこの寝室にいて、透花と共に朔弥についた血を拭くなど軽い手当てを行ったが、夕食の準備をすると部屋を出ていった。

「はい……」

先ほどの千蔭の言葉から推察するに、透花には知りたくない事柄に違いない。

しかし知っておかなければならないことだというのも、まず間違いなかった。

「まず、お前は詳しく知らないはずだが。透花の中にいる災厄のあやかし……毒華姫は、あやかしたち皆が欲するほど強大な力を持っているんだ」

「あやかしたち皆が……？」

話が思ってもみない方向から始まり、透花は虚を衝かれる。

「ああ。毒華姫は、気に入った相手に自身の力を分け与える能力がある。だからあやかしたちは、封印が解けた時に毒華姫を自分の味方につけて、その力を得ようとしているのさ。人間にとっては多くのあやかしは恐ろしい存在だが、そんなあやかしたちが皆、畏怖の念を抱いて崇拝するほど、毒華姫は最強の存在なんだ」

まさか、そこまで強大なあやかしが自分の中にひそんでいるなんて。

改めて、自分の身に宿っている災厄に透花は恐れおののいた。

「それでこの前、一時的にだが毒華姫の封印が解けた。あの時の強力な妖力は、結界

の外に漏れ出た可能性がある。敏感なあやかしたちはあの妖力の匂いに気づいている
かもしれない。……透花は今、あやかしたちに狙われている恐れがあるんだよ」

「私があやかしたちに……」

ひょっとして、だから朔弥は自分が屋敷を留守にする時に、決して外に行くなと口を酸っぱくして言づけていたのだろうか？

「そしてこいつ……朔弥といったか。朔弥も災厄の力を狙っている者のひとりだよ。こいつは半妖だからこそ、災厄の力が欲しいんじゃないのか。完全なあやかしに近づくために」

「え……！」

再会した直後、千蔭は『あいつは透花の力……災厄の力を手に入れようとしているんだっ。お前を利用するために連れ出したんだよ！』と話していた。

――私を利用するためって、そういう意味……？　朔弥は災厄の力が欲しいあまりに、私を見つけ出して結界の外へと逃がし、自分の屋敷へと閉じ込めたというわけ？

何度も優しく抱擁してくれたのも、髪を撫でてくれたのも、透花に封印された災厄の力を得るための行動だったというのか。

信じられない。信じたくない。

しかしそう考えると、さまざまな辻褄《つじつま》が合ってしまうのも事実で、透花の胸がきり

きりと痛む。

力を手に入れるために、朔弥は新月の夜に透花から微かに漏れ出た災厄の匂いをたどり、夢に現れた。そして甘言を吐き、扱いやすくするために透花の心を奪った。

「そんな……」

透花が掠れた声を漏らすと、千蔭は憎々しげに眠っている朔弥を睨む。

「……絶対そうに違いないさ。こいつ、誕生日の祝宴に現れた時、透花にその……く、口づけをしてただろ⁉　そうすれば力を吸い取れると毒華姫と会話もしていたっ。あいつは力を得るためにすでに透花を利用しているじゃないか！」

「あ……」

確かに、透花の体を乗っ取った毒華姫と朔弥がそんな話をしていたのは間違いない。あの時の会話は透花も聞いていた。

千蔭の残酷な言葉が腑《ふ》に落ちてしまうも、あまりに悲しくて透花はガタガタと身を震わせる。

するとそんな透花の両肩を千蔭は両手で掴み、揺さぶってきた。

「なあ、またあいつに無理やり口づけされてないか⁉」

「え……」

「も、もしかしてそれ以上のことをされたりなんてしてしていないだろうな……！」

透花の肩を握る千蔭の指の力が、いっそう強くなった。

透花の身を兄として心配しているのだろうが、それにしては鬼気迫っているような印象を受ける。今、眼前に無事な透花の姿があるというのに。

そして千蔭の言う『それ以上のこと』の意味を考えたら、傷だらけの朔弥に抱かれて眠った時に自分が夜伽を想像してしまったことを思い出し、透花は赤面した。

「い、いいえ。口づけはあの時の一回だけだし、それ以上のことなんてなにもなかったから……」

消え入りそうな声でそう答えると、千蔭も顔を赤くして、やっとその手を透花の肩から放す。そして一度咳《せき》ばらいをしてから、口を開いた。

「そ、そうかよ。……まあ、それならよかった。よし、こいつが眠っているうちにここから逃げるぞ！」

今度は透花の手首を握り、千蔭はそのまま寝室から出ようと大股で歩き出した。

つられて数歩歩いてしまった透花だったが、全身に力を入れてなんとか立ち止まる。

「ま、待って。私、千蔭が言っていることがやっぱり信じられないの！」

そう訴える透花を、千蔭は困惑した面持ちで見つめる。

「透花……？」

「だって朔弥は誰よりも私に優しくしてくれたの……。結界の外に出たい、自由になりたいっていう私の願いを叶えてくれた。もうなにも怖がらなくていいって、抱きしめてくれたの。だから私を利用しようとしているなんて思えないの……！」

確かに千蔭の主張は筋が通っている。なぜ朔弥が苦労して透花を捜し、救ってくれたのか。それが災厄の力を得るためだとしたら、透花も頭では納得できる。

だが、朔弥が透花に向ける熱っぽい眼差し。頭を撫でる優しい手つき。抱擁した時に与えられる温かい体温。そのすべてが、打算から出たものとは到底考えられなかった。しかし。

「透花っ。騙《だま》されるんじゃねえよ！」

千蔭は歯がゆそうな面持ちになり、必死な様子で叫ぶ。

「千蔭……」

「そうやってお前を油断させてるんだよっ。こいつは半分あやかしなんだぞ!? あやかしなんて、人間をいいように使うことしか考えてないだろうが！　お前をそばに置いて、災厄の封印が解けるのを待っているだけだ！」

千蔭が透花の身を案じて、そう主張しているのはわかる。だからこそつらく、心苦しかった。

西園寺家の離れの中で唯一優しさをくれた兄のような存在である千蔭が、透花に愛情を示す朔弥を全否定している。

そしてそんな千蔭の言葉を、透花は自信を持って『そんなの全部嘘だ』とも言えない。身に覚えがいくつもある。

――朔弥。ねえ、千蔭の言っていることは本当なの？　私に向けたあの熱い眼差しは、まがいものなの……？

思い詰め、透花の瞳にはうっすらと涙が浮かんでしまう。

すると、その時だった。

なんと、寝室の窓ガラスがけたたましい音を立てて割れたのだ。

「なんだ!?」

千蔭がとっさに自分の身で覆うように抱きしめてくれたため、ガラスの破片が透花に当たることはなかった。

口元まで布団をかぶっている朔弥も、無事なように見える。

窓を蹴破った者は、すでに寝室内に侵入していた。赤黒い頭髪に、蜘蛛の巣柄の着物をまとった青年だった。

――この人は……！　おそらく土蜘蛛の親玉ね！

朔弥の配下である人間たちが『土蜘蛛の長は逃亡した模様』と話していた。

朔弥が切り払っていた土蜘蛛たちと姿かたちはまったく違うが、髪色ととがった耳の形から青年が人間ではないことは一目瞭然である。

あやかしには、朔弥が先ほどばったばったと切り伏せた土蜘蛛たちのような、あやかし本来の人間離れした姿でいるものと、妖力が高く人型になれるものがいると書物で読んだ覚えがある。

土蜘蛛の親玉はきっと後者なのだろう。

「おのれ、半鬼の軍神め……。よくも俺様のかわいい手下たちを葬ってくれたなあ！」

土蜘蛛は寝台で眠っている朔弥に向けて、刀を振り下ろす。

――嫌！　やめてっ！

朔弥を守ろうととっさに土蜘蛛と朔弥の間に入り込もうとする透花だったが、素早いあやかしの動きに敵うはずもない。

だが、今にもその刀が朔弥の体に突き刺さろうとした時。

カキンと高い金属音が響いた後、土蜘蛛の刀は弾き飛ばされ宙をくるくると舞った。

そして床に刃先が突き刺さる。

「……俺にとっちゃこんな男どうなってもいいけどよ。今死なれちゃ透花が悲しむみてーだからな。こいつの処遇は本人から詳しい話を聞いてからだ！」

土蜘蛛の攻撃を防いでくれたのは、千蔭が抜いた刀だったのだ。

「千蔭……！」

透花の心を汲み取って朔弥を助けてくれた千蔭の行動があまりに嬉しくて、透花は涙ぐみながら喜んでしまう。しかし。

「……なんだ？　人間ごときがこの土蜘蛛様に楯突《たて》こうってのか……。ふん、いいだろう。軍神の始末はまずお前を八つ裂きにしてからだっ」

土蜘蛛が床に刺さった刀を抜き、千蔭へと刃を向けてきた。

千蔭は俊敏な動作でそれをかわし土蜘蛛に刀を一閃《いっせん》するも、回避されてしまう。

「ははっ！　人間にしちゃあやるじゃねえか！　しかし、いつまでもつかな？」

「……俺は曲がりなりにも災厄の乙女の守り人だからな。土蜘蛛ごときにやられるわけにはいかねーんだよ」

土蜘蛛の挑発に、千蔭は不敵な笑みを浮かべて答える。

そして、千蔭と土蜘蛛の刃の応酬が始まった。

土蜘蛛は天井付近まで飛び上がったり、口から火を吹いたりなど、人間には不可能なあやかし特有の動きで千蔭を攻撃してくる。

しかし千蔭は、攻撃手段が刀一本にもかかわらず、土蜘蛛の攻撃のほぼすべてを回避し、時には刀で一撃を食らわせたりしていた。

――千蔭ってこんなに強かったの……！

あやかし相手にもまったく引けを取らない千蔭の実力に、透花は驚きのあまり目を見開いてしまう。

だが、互角と思われたその攻防はあまり長くは続かなかった。

「くっ……」

利き手である右腕を負傷した千蔭は、左手に刀を持ち替えている。彼が動くたびに、怪我をした箇所から血が床に滴り落ちていた。

一方で土蜘蛛の方は、何度か千蔭が刀によって斬りつけていたはずだが、いまだに致命的な攻撃は食らっていないようだった。

「おい、人間。お前、動きは悪くないが……。戦闘経験は少ないようだな。おそらく人を殺したこともないだろう」

にたりと下卑た笑みを浮かべながら、土蜘蛛が千蔭に話しかける。千蔭は肩で荒い呼吸をしながらなにも答えない。

「お前の攻撃には覚悟がない。相手の命を奪う覚悟がな……。今、その身をもって知るがいい。相手を亡き者にする時の、渾身《こんしん》の一撃をっ」

言葉を終えるのと同時に、土蜘蛛が地を蹴る。

透花は「千蔭！」と叫ぶも、千蔭はもはや攻撃をかわす余裕がないのか微動だにしない。

しかし、土蜘蛛の刀が千蔭の胸を貫こうとした、まさにその時だった。

なんと土蜘蛛の体が吹っ飛び、寝室の壁に激突したのだ。大きな衝撃を受けたためか、土蜘蛛は「くう……」と倒れたまま呻いている。

「……さっき貴様には助けられたからな。これで借りは返したぞ」

土蜘蛛に攻撃を食らわせたのは、目覚めたばかりの朔弥だったのだ。

「朔弥……！　怪我はもう治ったの!?」

いつも朔弥は、ひと晩眠って怪我を治す。しかし今回はまだ一時間足らずしか睡眠を取っていない。

「少しは回復したが、治ったとは言えないな。動けば傷が開いてしまうだろう」

傷が痛むのか、朔弥は頬を引きつらせながらそう答えた。

「そんな……！」

「……透花。だから俺が時間を稼いでいるうちに、その男と一緒にここから逃げるんだ」

思ってもみない提案を朔弥にされ、透花は虚を衝かれる。

「朔弥……？　どうして……」

――ずっとこの屋敷で一緒にいてくれるんじゃなかったの？　どうしてそんなことを言うの？　……あなたに利用されているかもしれないって、私が考えてしまったから？

すると、朔弥は歯がゆそうに微笑む。

「意識がはっきりしていなかったため朧げだが、先ほどの透花とその男との会話を聞いていた。……俺はそいつの言う通り半分あやかしの半妖だ。他のあやかしが透花の災厄の力を狙っている可能性があるのも事実。透花が結界の中にいた方が安全なのは間違いない」

「朔弥……」

「幸い、この前俺が大半の妖気を吸ったおかげで、結界の中にさえいれば毒華姫はしばらく復活しない。だが結界の外にいる今は、なにかの拍子に出てきてしまう可能性がある。……だから透花。君が俺と離れたいと思うのなら——」

朔弥の言葉が終わる前に、復活した土蜘蛛が攻撃を仕掛けてきた。

朔弥はその一撃をかわすも、怪我のせいか先ほど土蜘蛛の手下たちを次々と薙《な》ぎ払ったような俊敏な動きではない。

「弱っているのにかわすか。さすがは軍神だな。……だが今のお前なら、仕留めるのも時間の問題だなあ！」

土蜘蛛は高らかに哄笑すると、朔弥に次々と攻撃を仕掛ける。

朔弥はすんでのところでかわし反撃の機会を狙っているようだったが、その隙はなさそうだ。

「……透花！　早くこんなところから逃げるぞ！」

千蔭が透花の袖を引く。

しかし朔弥の言葉に混乱している透花は俯き、微動だにしない。なんだか動きたくなかった。

——あやかしたちは私の力を狙っている？　私は結界の中にいた方が安全？　全部千蔭の言っていた通り……？　朔弥が私を利用しようとしていたのも本当？

千蔭が透花の手首を掴み、強く引っ張り始めた。

しかし透花はその場に立ち尽くし、土蜘蛛の攻撃をかろうじて受け流し続けている朔弥をじっと見つめる。

すると、朔弥がちらりと透花の方に視線を送った。千蔭が傍らにいるのを確認するなり口角を上げる。それはどこか安心を覚えたような笑みだった。

——朔弥は私の身をただ案じてくれている。だからきっと違う。朔弥が私を利用しようとしていたなんて違うって信じたい……！

透花がそう強く思った瞬間、朔弥の足がフラつきその場に膝をついてしまった。土蜘蛛が下卑た笑みを浮かべ、刀を振り上げる。

その光景を目の当たりにした透花は、瞬時に千蔭の手を振り払い、朔弥の方へと飛び出した。ずっと閉じ込められていた透花に、千蔭の手を払いのける筋肉などないはずなのに。

とにかく無我夢中だったのだ。自身の命の危険などまったく省みなかった。ただただ、朔弥が土蜘蛛の刀に一刀両断されるのをなんとかして防ぎたいという願いしかなかった。

「透花っ」

千蔭が名を叫ぶのとほぼ同時に、透花が片膝をついている朔弥の体を突き飛ばした。勢い余って透花の全身も朔弥と共に転がったため、土蜘蛛の刀は空《くう》を切った。

「と、透花……！　いったいなにをしてるんだ……」

身を起こし、朔弥が驚きの声を漏らす。

さらに朔弥は透花の前に立ち、土蜘蛛と対峙《たいじ》した。自身の体で透花をかばうような立ち位置だった。

「……私は村には帰らない」

朔弥の背中に向かって、透花は静かに、しかし強い口調でそう告げた。

千蔭が「透花！　なにを言っているんだっ」と叫んでいるが、それには答えない。

「透花、なぜ……」

一瞬だけ振り返り、朔弥が掠れた声で尋ねる。彼は唖然《あぜん》とした表情をしていた。

「だって災厄の乙女になってしまってから初めてだったんだもの……。外の世界を見られたのも。誰かと笑い合って食事をしたのも。……そして誰かに抱きしめられて、大切にすると言われたのも」

朔弥と過ごした数日間の出来事に思いを馳せながら、透花が言葉を紡ぐ。

一方で土蜘蛛は突然の透花の行動に虚を衝かれたような面持ちになった後、朔弥とも千蔭とも少し距離を取り、警戒している様子だった。

これまで千蔭と透花は逃走するという流れだったため、千蔭からの攻撃は気にしなくてよかったようだ。

しかし透花が朔弥の方に飛び出してしまった今の状況では、そうとは断言できない。

朔弥と千蔭、ふたりの敵がいるため、迂闊《うかつ》に手出しができないのだろう。

「透花っ！　なにを言っているんだ！　そいつはお前を――」

「千蔭。朔弥が私に宿った毒華姫の力を欲しているんだとしたら、なぜ今、私から力を吸い取ろうとしないの？　今なら、彼は私に口づけできるのに」

千蔭の言葉を遮って、透花は冷静な声で告げる。

毒華姫の力を吸うために朔弥が口づけした時、あまり長い時間、唇を合わせてはいなかった。

だから朔弥ほどの敏捷性《びんしょうせい》があり、土蜘蛛が距離を取っている現状では、隙をついて透花に接吻するなどたやすいはずである。

「そ、それは……」

透花の指摘に、千蔭は口ごもる。彼がすぐに反論を思いつかない程度には、筋が通っていたのだろう。

「朔弥が私にかけてくれた言葉には、彼のまっすぐな想いが込められていた。少なくとも私はそう感じたの。……それに、たとえ朔弥が私を利用しようとしているとしても、それでも構わない。朔弥が私を……あの冷たくて寂しい場所から連れ出してくれたのは間違いないんだから……！」

困惑の面持ちをしている千蔭に向け、透花は強い口調で言い放つ。

突然の透花の勢いにたじろいだ様子の千蔭に向け、透花はさらにこうぶつけた。

「これ以上、朔弥を否定するようなら私は許さないっ。たとえ千蔭……あなたでも！」

とうとう千蔭は唇を固く閉じ、神妙な面持ちで透花を見つめ返すことしかしなくなった。すると。

「透花……」

今度は透花の前にいる朔弥が、なにかを噛《か》みしめるような感慨深い様子で名を呟いた。その直後だった。

「まったくなにをごちゃごちゃと……！」

それまで朔弥と千蔭をただ警戒していた土蜘蛛だったが、痺れを切らしたようで朔弥にまた攻撃をしかけてきた。透花たちの会話の内容から、千蔭は朔弥の味方ではないと判断したのだろう。

しかしその一撃は、なんと千蔭が己の刀で弾き飛ばしたのだった。

「くっ……！　人間が半妖に肩入れするのかっ」

土蜘蛛が忌々しそうに吐き捨てる。

その間に、千蔭はまるで土蜘蛛を朔弥と挟み撃ちにするような位置に移動した。

戦いの知識などまったく持ち合わせていない透花でも理解できる。千蔭が朔弥と共に、土蜘蛛を倒すと心に決めたと。

「千蔭……ありがとうっ」

千蔭の行動に、透花は感激しながら礼を述べるも。

「別に俺はまだ、その半鬼の軍神を信じたわけじゃねえ。だが、このままじゃ透花にも危険が及ぶ。俺にとっても透花は大切な存在だからな……！」

千蔭は朔弥を睨みつけた後、不敵な笑みを浮かべた。

勇ましい千蔭の表情と、彼が自分にかけてくれた言葉に、透花は深い安心感と嬉しさを覚えた。

「とにかく、めんどくせー話はそのあやかしを倒してからだ。……で、どうすんだよ半鬼。俺もお前もだいぶ消耗してるが、勝算はあんのか？」

千蔭がそう尋ねると、朔弥は静かにこう答えた。

「……数十秒だけお前ひとりで時間を稼げ。人間ごときでもそれくらい可能だろう?」

「癪に障る言い方をする奴だなあ……」

朔弥の挑発的な言葉に、千蔭は頬を引きつらせる。

「なんだ? やはりお前には難しいのか?」

「……ちっ。あまり人間を甘く見るんじゃねえっ」

そう叫びながら、千蔭は土蜘蛛に切りかかった。突然の一撃に土蜘蛛は「くっ」と呻きながらも、刀でしっかりと防御する。

そして、そんな光景を透花が訳もわからぬまま見届けた直後。

朔弥は勢いよく振り返ると、透花を強引に引き寄せた。

──えっ……。ま、まさか!

朔弥の行動の真意に透花が思い当たった、その時だった。

「……すまない透花。今はこの方法しかない」

朔弥はそう告げた後、戸惑う透花の後頭部を掴み、自分の方に向かせる。そしてそのまま、透花と唇を重ねたのだ。

「んっ……ふっ」

朔弥の唇から熱い体温が伝わり、脳が痺れるような感覚を覚え、透花は自分でも驚くほど甘い声を出してしまった。

突然の半ば強引な接吻だったのにもかかわらず、嫌悪感はまったく生まれない。いや、むしろそれどころか。

──どうしてこんなに体の奥が熱いの……。

背徳感と共に全身がとろけるような快感を覚え、足ががくがくと震えてしまった。

朔弥と口づけしていたのは、時間にしては数十秒くらいだったのだろうか。

透花にとっては、とても長いようにも感じられたし、刹那の出来事だったような気もする。

体にも心にも刻まれた甘美な感覚は、透花から時間の感覚を失わせていた。

「……本当にかわいい反応をするなあ、透花は」

透花から唇を放した後、朔弥は色気ある笑みを浮かべてそう呟く。しかし一瞬で尖鋭な目つきになり、土蜘蛛の方を見据えた。

一方で透花は、力が抜けその場にへたり込んだ。

朔弥が透花に接吻をしたら毒華姫の妖力と共に透花の生気まで同時に吸い取ってしまうと、彼が以前に説明してくれた。

透花の足腰が立たなくなったのは、朔弥に唇を奪われたことによる恍惚感《こうこつかん》で気持ち的に力が入らなくなったのと、生命力を吸われたのと、両方が原因だろう。

そして、頭がぼんやりとしている透花が目撃したのは……。

毒華姫の力を受けた朔弥が、土蜘蛛を難なく一刀両断する姿だった。

『──透花。必ず俺が迎えに行く』

『俺がこんな辛気くさい場所から絶対に連れ出してやる』

『俺が透花に外の世界を見せてやる』

『ここから透花を連れ出した後は……俺はもう、君を離さない。絶対に』

『透花は俺の……俺だけのものだ』

新月の夜にのみ見られる夢の中で朔弥が透花にかけてくれた言葉の数々。

それだけが透花の生きがいだった。

この夢があるから、透花は結界の中でひとりきりでも、なんとか正気を保っていられたのだ。

たとえ朔弥が本当は存在しない者だったとしても。透花の妄想が作り上げた、はりぼてだったとしても。

しかし朔弥は現実世界に現れ、透花を迎えに来てくれた。夢と同じ美しい顔で、夢と等しい言動をして。

透花の眼前には、小さく微笑む朔弥が現れた。嬉しくなった透花は彼に手を伸ばすが……。

『あいつは透花の力……災厄の力を手に入れようとしているんだっ。お前を利用するために連れ出したんだよ！』

そう主張する千蔭が現れ、朔弥の姿は消えてしまう。

――朔弥は現実には存在した。だけど私へかけてくれた言葉は、嘘だった？　本当の気持ちではなかった……？

自問自答してしまう透花だったが。

毒華姫に体を乗っ取られた自分を朔弥は救いに現れた。そして約束通り結界の外へと連れ出してくれた。たとえ朔弥になんらかの思惑があったとしても、それは紛れもない事実だ。

――そうよ。もし、朔弥が毒華姫の力欲しさに私を手に入れようとしたとしても。……それでもいい。それでもいいから、私は朔弥のそばにいたい……！　お願い、私を朔弥のそばにいさせて！

そう懇願すると、千蔭の姿は消滅し、再び朔弥が現れた。

妖しく赤い瞳を輝かせた無表情の朔弥が、透花を見つめている。彼の思惑など、もちろん透花にはわかるはずもない。

しかし透花は朔弥に手を伸ばした。伸ばさずにはいられなかったのだ。

そして、透花の指先が朔弥の頬へと触れそうになったまさにその時――。

透花は目覚めた。

寝台に寝かされていた自分は、夢と同じように手を伸ばしていた。そしてその手を誰かが取り指を絡め、握りしめてくれた。

「……透花。大丈夫か？」

朔弥だった。意識を戻したばかりの透花を、心配そうに見つめている。

その光景に感激して涙腺が緩んだが、透花はギリギリのところで涙をこらえた。

夢の中では朔弥に伸ばし届きそうで届かなかった手のひらに、現実世界では朔弥の方から触れてくれている。

こんなに嬉しいことがあるだろうか。

そして透花は、改めて決意した。たとえ朔弥の目的がどうであれ、自分から朔弥の元を去ることは絶対にしないと。

「お、おい。透花、しゃべらないじゃねーか！　本当に大丈夫なんだろうな⁉　お前は生気を吸っただけだから休めば回復するっつってたけど！」

朔弥の傍らには、慌てた様子の千蔭もいた。どうやらふたりして透花のそばについてくれていたらしい。

「……あ。ご、ごめんなさい、大丈夫よ。ちょっとぼーっとしていて……」

透花は慌ててそう言った。

感動のあまりすぐに声が出ず、千蔭に不要な心配をかけてしまった。

――そうだわ。土蜘蛛を倒すために朔弥とその……く、口づけを交わした後、生気を吸われた私は意識を失ってしまったのね。

接吻によって恍惚とした気分になったのを思い返し、体の奥が疼《うず》いてしまった。

しかしここでおかしな様子を取るとまた千蔭が心配しそうなので、透花は急いであの時の口づけを意識の外に追いやる。

「そ、そうか。まあ大丈夫ならよかったよ」

「……透花、気分はどうだ？　どこかに痛みはないか？」

安堵した様子の千蔭と、まだ透花の体調を気遣っている朔弥。

透花が臥《ふ》せってしまったのは朔弥の行動が原因と言えば原因なので、気になるのかもしれない。

「ないわ。ありがとう、朔弥」

微笑んで見せると、やっと朔弥は頬を緩めて安心したような面持ちになった。なぜか隣にいる千蔭は、ムッとした顔をする。

ふたりの顔を見ていたら、急に透花は思い出した。

土蜘蛛を倒すために朔弥に口づけをされる直前と、ついさっきまで見ていた夢の中で自らに誓った固い決意を。

「私は西園寺家の離れ……結界の中には帰らない。私は朔弥のそばにいたい」

自分を見つめる半妖と人間の男に、透花はゆっくりと、しかしはっきりとした声でそう告げた。

朔弥は神妙な面持ちになり、透花を見つめる。

対する千蔭は、一瞬驚いたような面持ちになった後、深く嘆息した。

「……そう言うと思ったよ。透花は昔から頑固なところがあるもんな」

どこか呆れたように千蔭は微笑んでいる。

「え……。千蔭、いいの？　私が村に帰らなくても……」

災厄の力の利用を目論む朔弥から透花を引き離したいという千蔭の言葉が真実なのはまず間違いないが、おそらく西園寺家の事情も絡んでいるのだろうと透花は推測していた。

西園寺家の者たちは、とにかく毒華姫の封印が解けることを恐れている。

毒華姫が人間を襲えば西園寺家が責任を問われ、貴族としての立場が危うくなってしまうためである。

となるとやはり、透花を永久に結界の中に監禁しておくのがもっとも都合がいいはずだ。千蔭は一族の者に自分を連れ戻すよう命じられているのだろうと、透花は考えていた。

だが千蔭は意外な返答をした。

「え？　透花が危険を承知のうえで自分でそう決めたんなら、俺がどうこう言うこっちゃねーよ」

「で、でも千蔭は私を捕まえてくるように命令されているのでは……？」

「あー。俺が村を出てくる時に、なんかそんなことをごちゃごちゃ喚いていた奴もいたけどよ。俺だって、何年も閉じ込められている透花をなんとかしてやりてえってずっと思っていたんだ。正直頭の固い陰険な一族の奴らには俺も辟易《へきえき》していたしな。俺は透花の意思を尊重するよ」

明るく微笑んで、あっけらかんと千蔭が言う。

——そうだったわ。確かに千蔭は私の監視兼護衛だったけれど……。こうやっていつも、私の気持ちを汲んで励ましてくれていた。

「ありがとう、千蔭……！」

千蔭の優しさが嬉しくて、透花は心からの礼を述べる。千蔭は少し照れたような笑みを浮かべた。

すると、それまで透花と千蔭の会話を黙って聞いていた朔弥が一歩、透花に近づいた。

「……本当にいいのか、透花。俺のそばにいてくれるのか？」

いつも淡々としていて動じた姿を見せない朔弥らしくない、おずおずとした問いかけだった。

千蔭が指摘したように、朔弥は半妖であるうえに、まだ透花には打ち明けてくれていない秘密も多い。ゆえに、透花の中に封印された毒華姫の力欲しさに近づいてきた可能性だって、まだゼロではない。

——でも、朔弥が私を暗闇から救い出して、光を見せてくれたのは事実。だから彼にどんな思惑があったって、私は構わない。

そんな朔弥をまっすぐに見つめると、透花は深くゆっくりと頷く。

「私をもう離さないと、朔弥は抱きしめてくれた。……だからもう離さないで。私をひとりにしないで。そう約束して……」

あの絶望すら覚えるほどの孤独を再び味わうくらいなら、朔弥に利用されても些細《ささい》なことにしか感じないだろう。

するとと朔弥はしばし無言で透花を見つめ返した後、ゆっくりとその手を伸ばし、透花の全身を労るようにふわりと抱擁した。

「元より俺はそのつもりだった。改めてそう誓おう」

心地のいい静かな声で囁かれ、透花は声を発せられないほど感激し、彼の胸に顔を埋める。

さらにそんな透花の頭を朔弥が撫で回すものだから、嬉しさのあまり涙さえ目尻に浮かんできた。だが。

「おい。人前でふたりの世界に入んじゃねーよ……」

傍らにいた千蔭が、乾いた声で指摘してきた。

途端に恥ずかしくなった透花は、慌てて朔弥から離れる。

――そ、そうだったわ。あまり人前で男女が触れ合うのははしたないって本に書いてあったわね……！

透花は人との距離感をほとんど学んでいないため、つい朔弥のされるがままとなってしまった。

書物である程度の知識を得ていたのが救いだった。

「……ちっ」

朔弥は舌打ちをし、千蔭を睨みつける。

土蜘蛛に向けた視線に負けず劣らずの、いやひょっとしたらそれ以上の殺気が瞳に込められていて、透花は戦慄する。

邪魔するな、とでも言いたげな朔弥の表情だが、彼は周囲の目が気にならないのだろうか。ひょっとすると、あやかし（朔弥は半妖だが）と人間ではその辺の常識が異なるのかもしれない。

「お、お前……！　なにが『ちっ』だよっ。あまり調子乗ってんじゃねーぞ！」

顔を強張らせ、朔弥に食ってかかる千蔭。あんな悪態をつかれれば無理もないだろう。

だが朔弥も朔弥でまったくひるむ様子はなく、大層鬱陶しそうに千蔭を見据える。

「言いたいことはそれだけか？　もうお前は邪魔だ。そろそろ西園寺家の村とやらに帰れ。さっさとしろ」

千蔭に向けて、しっしっと野良犬を追い払うかのような仕草をする朔弥。

すると千蔭はついに怒りの面持ちとなり、朔弥に詰め寄った。

「てめえ……！　さっきからおとなしく聞いてりゃ！」

「おとなしかったか？　羽虫のように小うるさかったがな」

「……っ！　残念ながら俺は帰らねーぜ！　俺も透花と共に行動するからなっ。そして朔弥、お前が透花に変なことをしないか見張らせてもらう！」

朔弥に対して気色ばむ千蔭だったが、その発言に透花は心から嬉しくなった。

――千蔭もこれから私と一緒にいてくれるの!?　心強いな……！

結界内で暮らすようになってから、なにかと自分を気にかけてくれる千蔭の存在は唯一の救いだった。そんな千蔭が今後も隣にいてくれるのならば、なんとも頼もしい。

しかし。

「……は？　いらん。今すぐ消えろ。俺と透花の邪魔をするな」

喜ぶ透花の一方で、朔弥は氷のように冷たい声で千蔭を拒絶する。自分に対して向けられた言葉ではないのに、透花も身がすくむほどの冷淡さだった。

──『俺と透花の邪魔をするな』か……。朔弥は私とふたりきりでいたいって考えてくれているのかな。

恋愛小説の中で恋人たちが触れ合う場面になると、第三者を鬱陶しがる描写がたびたびあった。

それと同様の感情を朔弥が自分に対して抱いているかもしれないのは嬉しく感じた。

透花だって、朔弥がもし他の女性と親しげにしている光景を目にしたら落ち込んでしまう気がする。

これが小説に書いてあった、〝嫉妬〟という気持ちなのだろう。

そんなふうに透花が恋愛のなんたるかに思考を巡らせている間も、ふたりの男は言い争っていた。

「消えねーし！　俺はまだお前が透花の力を狙ってるって疑ってるからなっ。それにお前と透花の結婚だって俺は絶対に認めねえ！」

「うるさい。お前ごときに認められる必要などない。透花はもう俺だけのものだ」

「お前のものじゃねえ！　透花は俺の……あ、えっとその……。と、とにかく透花はお前のものではねえっ」

「なんだお前。もしかして透花に男としての好意を抱いているんじゃないだろうな？ご愁傷様としか言えんが」

「は……!?　ち、違えよっ。い、いや違くはないが……！　って、なんでご愁傷様なんだよっ」

「……心から鬱陶しい。本当に消えてくれないか？」

噛みつくように怒鳴る千蔭と、それを冷淡な声でぶった斬る朔弥のかけ合いはその後もしばらくの間続く。

なかなか収まらないふたりの口喧嘩《げんか》に、透花は困ってしまった。

遠縁の千蔭とは、兄妹さながらの関係を築いている。兄のような立場として千蔭は透花を心配しているため、朔弥のことが気に入らないのだろう。

また、透花を連れ戻せなかった千蔭が村に戻ったら、なんらかの罰を受けてしまう可能性がある。そう考えると、千蔭に村に帰れと言うのは酷に思えた。

——朔弥にはちょっと申し訳ないけど、千蔭を追い返すわけにはいかないな。

「私と千蔭はもう長い付き合いで、兄妹のような間柄なの。それに朔弥も見た通り千蔭は剣術が達者だから、あやかしの討伐の力になれると思うんだけど……」

千蔭と口論する朔弥に、透花が恐る恐る告げると。

「……こいつは兄か。それならまあ、いいだろう」

朔弥はしぶしぶ受け入れてくれた。

兄ならば、自分と透花の間に入ることはできない。きっと朔弥はそう考えたのだろう。

第四章　白蛇のあやかし

「信じられない……！　人ってこんなにいるのね！」

興奮のあまり、透花は目をぱちくりさせて声を張り上げた。

朔弥と千蔭と共に訪れた宿場町の大通りは、大勢の人の往来で殷賑《いんしん》を極めていた。

幼子を連れた家族や、ひとり歩きの旅人、大荷物を背負った商売人、ゆっくりと通りを闊歩する老夫婦まで、老若男女問わずたくさんの人が歩いている。

山奥の人口の少ない村で、しかも生涯のほとんどを幽閉されて育った透花にとって、この人の多さは異世界にでも足を踏み入れたのではないかと考えてしまうほど驚愕の光景だったのだ。

「もしかして今日はお祭りでもやっているの!?」

祭りが開催されれば、町の外の者も催し目当てにやってくる。これだけの賑《にぎ》わいはなんらかの祭事の日だったからだろうかと透花は考える。しかし。

「透花。宿場町はいつもこれくらい人がいる」

目を細めて透花を見つめながら、朔弥が穏やかな声で答える。

「そ、そうなの……？」

無知な自分を少し恥ずかしく感じたが、決して小馬鹿にしない朔弥の受け答えに救われる。

「祭りの時は身動き取れないくらいになるぞ！　提灯がいっぱい吊るされて、夜はとても綺麗なんだよなあ。大きな神輿も見ごたえがあるぞ～」

往来する者たちを見渡しながら、千蔭も優しく説明してくれた。

「そうなのね……。いつか見てみたいな！」

今でさえ生まれて初めて見るような光景なのに、ここがたくさんの提灯で彩られ、見事な神輿まで行き来するなんて。

想像するだけで透花の胸が躍り、つい声が弾んでしまう。すると。

「「俺が連れてきてやる」」

朔弥と千蔭の声が重なった。

ふたりの男はハッとしたような面持ちをした後、透花を挟んで睨み合う。

この前のようにまた言い争いが始まるのだろうかと透花は不安を覚えたが、ふたりは口をつぐみ、そっぽを向いた。

前回は口喧嘩を繰り広げるふたりの傍らでおろおろしてしまったため、透花は安堵する。

その後、三人で通りを歩いていたら、女性用の服飾品の出店や万華鏡などを販売している玩具屋などが並んでいる場所に出た。

美しいものばかりが売られている店の並びに、透花が興味津々になっていると。

「透花。今から俺は鍛冶屋で刀を研いでもらいに行こうと思っている」

朔弥が帯刀した刀に視線を送りながらそう告げた。

「鍛冶屋か……。俺もこの前のあやかしとの戦いで愛刀が刃こぼれしちまったからなあ」

困り顔でぼやく千蔭。ふたりとも鍛冶屋に用事があるというわけだ。

「鍛冶屋？　私もついていった方がいいかな？」

別に鍛冶屋に興味はなかったが、ふたりが行くのなら行動を共にした方がいいかと考えた透花はそう聞いた。

「その方が安全と言えば安全だが、無骨な鍛冶職人しかいないし、店頭にも刀が置いてあるだけだからな……。透花が来てもつまらないかもしれない」

朔弥の言葉に、千蔭も頷いている。

「だろうなあ。この町にいきなり人を襲うようなあやかしは現れないだろうし……。この辺でかわいいものでも見ててくれよ。小一時間で戻ってくるから」

確かに、その方がお互いに有意義な時間を過ごせるだろう。

「そうね、わかった」

透花が了承すると、ふたりは気をよくしたように微笑んでから背を向けた。

その後、鍛冶屋に向かうふたりはなにか言い合っているような雰囲気だったが、見なかったことにしよう。

ひとりで煌びやかなものが並ぶ通りを歩きながら、透花はこの賑やかな町にやってきた経緯を自然と思い出していた。

『私をもう離さないと、朔弥は抱きしめてくれた。……だからもう離さないで。私をひとりにしないで。そう約束して……』

『元より俺はそのつもりだった。改めてそう誓おう』

朔弥とそんな約束を交わした後、朔弥の父である酒呑童子から新たな任務が入った。

賑やかで平和そうな宿場町に見えるが、実はこの場所は、あるあやかしに支配されている町だった。

そのあやかしを討伐するために、朔弥は町に潜入するという。

任務の都合上、少人数での行動が必要だったので、今回は朔弥の下についている人間の軍人たちは同行していない。

任務の内容について透花が尋ねたところ、朔弥は詳細を説明してくれた。

改めて共にいると誓い合ってから、朔弥はそれまでよりも自分の事情について透花に打ち明けてくれるようになった。

『隠し事をしては、透花に信頼してもらえないからな』と微笑んでくれたのが嬉しかった。

――それでもまだ、どうして朔弥が私を見つけ出してくれたのかは聞けていないけれど……。

質問すれば、答えてくれるのかもしれない。知りたいという気持ちは強かったが、知るのが怖いという思いも強くて、結局尋ねられていないままだった。

だが、朔弥から任務の話を聞いた時、自分もついていきたいと透花は強く主張した。

前回、朔弥が土蜘蛛の集団を退治したのを盗み見た時、人間たちに崇められながらもその力を利用されていた光景を目撃し、いたたまれなかったのだ。

――それだけじゃない。あの時の朔弥からは、私がこれまでの生い立ちで感じた悲哀や絶望と同じ気配が漂っていた。

だからこそ、朔弥をひとりにしたくはなかったのだ。

もちろん、朔弥には危険だからと最初は反対された。だがそれを想定していた透花は、微笑んで彼にこう告げたのだ。

『私に口づけをすれば、朔弥は毒華姫の力を吸って強くなる。あやかしを倒すには、私がそばにいた方が好都合だと思うのだけど。……それに私をもうひとりにしないと約束したでしょう？』

後半の言い分は少し卑怯だったかなと、発言した後、少し透花は反省した。

『ひとりにしないで』という願いは、物理的にずっとくっついていろという話ではなく、精神的につながっていてほしいという意味であると、透花もわかっている。

だがそういうふうに主張すれば、自分を甘やかす朔弥は願いを聞き入れてくれると考えたのだ。

そしてそんな透花の作戦は見事に功を奏し、朔弥は透花を任務に連れていくとしぶしぶ了承した。

そうなると自然と千蔭もついてくることになるので（朔弥はとても嫌がっていたが）、三人でこの宿場町に赴いたというわけである。

なお、今回の朔弥の討伐対象だが、白蛇のあやかしの討伐だった。名は伯耆《ほうき》といい、外見は見目麗しい男性だという。

伯耆は若い女や財産の一部を自分へと献上させるのを条件に、町人には手を出さず、町を襲ってきたあやかしから人間を守ると約束し、私利私欲の限りを尽くしているのだそうだ。

つまり先ほど千蔭が『この町にいきなり人を襲うようなあやかしは現れないだろうし……』と話していた通り、伯耆に従っている限り、町の安全は保障されているというわけだ。

だからこそ、朔弥も千蔭も透花の単独行動を許したのだろう。

しかし一見平和そうなこの町の姿は、町人の財産や町の女の貞操を伯耆に差し出したうえで成り立っているという、歪な形での安寧には違いない。

——町の安全を盾に、若い女の子を慰み者にするなんて……。なんて卑劣なあやかしなんだろう。

通りを歩きながら、そんなふうに透花が伯耆の行動に憤りを覚えたり、どんなあやかしなのだろうと外見を想像したりしていた時だった。

軒を連ねている商店の一角に、とても色彩豊かな空間があった。

興味を引かれ、透花は吸い寄せられるようにその店の前へと歩み寄る。

「綺麗……」

店はガラス細工屋で、店先には色とりどりの風鈴が吊るされていた。

太陽の光にガラスが反射してキラキラと輝いている様は、とても幻想的だ。

店の奥には、盃《さかずき》や皿などの他、かんざしや耳飾りなどの装飾品も数多く並んでいて、そのどれもが美麗だった。

高揚した気分になった透花が、金魚が泳ぐ絵が描かれた風鈴を手に取り、鈴の音を鳴らしていると。

「いらっしゃいませ、お嬢さん。風鈴をお探しですか？」

上品で涼やかな男性の声だった。

ハッとして声のした方に顔を向ける。その美声にふさわしい、女性に見紛うほど美しい男性だった。

煌びやかな金の長髪に、まばゆい金色の瞳。白く陶器のように滑らかな肌。すっと通った高い鼻梁《びりょう》。そのすべてが理想的な位置に置かれていて、書物で見た西洋の彫刻を思い起こした。

――異人さん……よね？

彼は商店の店主らしく、着物と帯だけの着流しだったが、白い首筋と胸元からは耽美的な色気があふれていた。

他人の美醜にそれほど関心がない透花ですら、なんだか気持ちが落ち着かない。朔弥も大層な美男だが、男性的な凛々《りり》しさを感じられる。眼前の異国人の女性的な美しさとは、まったく雰囲気が異なるのだった。

「あ……。いえ、そういうわけではないんです。ガラスの色合いが綺麗でつい、見惚れてしまって」

神々しさまで感じられるほど美しい青年に近寄られ、透花はたどたどしくそう答えた。青年は天使のように微笑み、頷く。

「そうでしたか。あなたのようなかわいらしいお嬢さんに見つめられたら、風鈴もさぞ幸せでしょう」

「お、お上手ですね……！」

褒められ慣れていない透花は、さらに戸惑ってしまう。

──『商売人は物を売るためにおだててくるから、気をつけろよ』って、町に入る前に朔弥に注意されていたんだったわ……！

だからきっとこれもおべっかなのだろうが、こんな美しい人に微笑を浮かべられて褒められれば、気分がよくなって財布の紐《ひも》が緩くなるのもわかる気がした。

「ふふ……。可憐《かれん》なあなたによく似合うものがあります」

店主はそう告げると、店の奥に一度引っ込んだかと思えば、すぐに戻ってきた。そして透花の帯に、ガラスの帯留めをつける。

風鈴や他のガラス細工と同様、とても繊細な色合いで、太陽の光に反射し輝いているのが美しい。

「とても素敵ですね！　こちら、おいくらですか？」

ひと目で気に入った透花は、帯留めの購入を即決する。

透花ひとりでも買い物できるよう、朔弥からは一応ある程度の金銭を渡されていた。持っていた巾着にしまっていた財布を出そうとする透花だったが。

「お題は結構です。美しいあなたに私からサービスですよ」

店主はゆっくりと首を横に振り、柔和に微笑んだ。

「えっ。で、でも……」

こんな手の込んだ細工の帯留めを無料で頂戴するなど気が引けた透花は、すんなりとは受け取れない。しかし。

「ほら。この帯留めも、あなたの一部となれて喜んでいるようだ」

帯留めと透花の顔を交互に見た後、よりひときわ優美に彼に微笑まれてしまい、それ以上反論することははばかられた。

――な、なんだか歯の浮くような台詞ばかりおっしゃるわね……。やっぱり異人さんだから？

日本人とは違い、異国の者はとても直接的な言葉で愛情表現をするという。

初めて会う種の人間だったからか、透花はうまく受け流せない。

「……透花」

「透花～、この店にいたのか」

朔弥と千蔭の声がして、透花はハッとする。

振り返ってみれば、鍛冶屋での用事を終えたらしいふたりの姿があった。

「なにか欲しいものでもあったか？」

「ここにはいろいろな露店があるからな～」

「あ……。このガラス細工の色合いが綺麗で、つい惹《ひ》かれてしまったの」

そう答えると、朔弥が帯留めの存在に気づいたのか、じっと帯辺りを見てくる。

「その帯留めは購入したのか？　とても綺麗だな」

「あっ……。買ってはいなくって、お店の人がサービスだって。ほらこの方が……」

振り返って、店主に礼を述べようとした透花だったが。

「あれ？　いない……」

今しがたまでそばにいたはずの金髪の彼が忽然《こつぜん》と姿を消していた。店の奥に入ってしまったのか、他の客の相手をしているのかときょろきょろと辺りを見渡してみたが、見つからない。

「ここのお店の方がくださったんだけど、いなくなってしまったみたい」

「商売人だから忙しいんだろう」

朔弥は特に気にした様子もなく、淡々と言った。

――確かにそうかも。でも、お礼をまだ伝えていなかったのに……。

少々、残念な気持ちになる。

「うん。それにしても、その帯留めはとても透花に似合っているな！　きっと透花がかわいいから、その店主はタダであげたくなってしまったんだろうなあ」

千蔭も帯留めを気に入ったようで、満足げに微笑んでいる。

するとなぜか朔弥は、ムッとした表情になる。

「透花がかわいいのは当然だが……。そうなると、もっと周囲の目に気をつけなくてはならないな。どこの馬の骨とも知れぬ者に見初められ、さらわれるかわからん」

あまりにも真剣な朔弥の声だったが、透花にはよくわからない。

ひと目ぼれした女性を男性がかどわかすなんて事案はそうそう起こらないはずである。そんなに本気で心配する必要はないと思う。

「朔弥……。冗談よね？」

「俺は本気だ。俺以外の男には、透花に指一本触れさせたくないからな。……店主はどんな奴だった？　男か？　……やっぱりひとりで店を回らせるべきではなかったか。

しかし、透花の自由を奪いたくはないし……。くそ」

朔弥はとても苛立っているようだ。

店主に嫉妬しているようだが、過剰に心配しすぎではないだろうか。

「だ、男性だったけれど異人さんみたいで。きっと女性皆にサービスしてるのよ」

朔弥を刺激したくなくて、言葉を選ぶ透花。

すると千蔭が「ふっ」と鼻で笑った後、口を開いた。

「お前さあ、商売人にも妬くのかよ。心が狭い奴だな～」

なんて朔弥を煽《あお》るものだから、透花はハラハラしてしまう。しかし。

「そうだな。俺は心が狭いからお前の存在も許せん。早く消えろ」

「は!?」

千蔭の発言には憤った様子は見せず、朔弥は冷静に辛辣な言葉を吐く。

不意打ちを食らった千蔭は唖然とした面持ちをするも、朔弥は透花の手を引いて「そろそろ宿へと向かおう」とすたすたと歩き出してしまったのだった。


ガラス細工屋から数分ほど三人で歩いた場所に、本日宿泊する宿が店を構えていた。

「へえ……。でっけえ宿だな」

千蔭が感嘆の声を上げる。その言葉通り、この町ではもっとも大きな宿であり、西園寺家の本家の屋敷に引けを取らないほどの立派な和の木造建築であった。

宿の中には酒場もあるとのことで、旅人はもちろん、町の人間も夜な夜な酒を酌み交わしているそうだ。

『今回の相手……伯耆に対する情報が少なくてな。討伐するにはどんな奴なのかを知る必要がある。そのためには地元の人間が集まる酒場がうってつけだ』

この町を訪れる前、朔弥はそう話していた。

まずはこの宿と酒場に入り、情報収集というわけである。

――宿に泊まるなんて初めてだわ。大きなお風呂があるのよね……！

あやかしを討伐するという殺伐とした任務に出向いているはずなのに、初めての体験ばかりでどうしても透花は胸が躍ってしまう。

しかし今は浮かれている場合ではないという自制心は携えていたので、楽しい気分を心の奥に沈め、朔弥と千蔭と共に宿の門をくぐろうとした。

だが、その時だった。

「ほ、伯耆さま……！　どうかご勘弁をっ」

少し離れた場所から、切羽詰まった男性の声が聞こえてきた。

――今、『伯耆さま』って……！

今回の標的の名が確かに聞こえた。朔弥と千蔭ももちろん聞き逃さなかったようで、声のした方へと素早く向かう。

大通りの真ん中で、手下と思われる者を数名引き連れた白髪の青年あやかしが立っていた。

彼の面立ちは大層整っていたが、下卑た微笑みを浮かべていたためか上品さはまったく感じられなかった。また、まるで花魁《おいらん》が着用するような派手な柄の着物をだらしなく羽織り、首や耳、腕にはごつごつした装飾品をいくつもつけている。

「……あれが伯耆だろう。聞いていた特徴と合致する」

朔弥が神妙な声で囁く。あれが今回討伐する相手だと思うと、透花の手のひらが少し汗ばんだ。

伯耆の前では、青ざめた顔の人間の女と、伯耆にひざまずく人間の男がいる。おそらく先ほど聞こえた声は、彼が発したものだろう。

「私たちは明日、婚儀を挙げるのです……！　幼い頃からずっと、お互いに深い思いを抱いていましたっ。双方の親に認められ、やっと一緒になれるのです……！　だからどうか、松子《まつこ》を連れていかないでくださいませ！　お願いします……！」

男性は必死な様子で伯耆にそう訴えていた。

伯耆はとても好色なあやかしで、若い人間の女を自分の元へと差し出させ、常に何人もはべらせているのだという。

男性の話から察するに、伯耆は彼の婚約者に狙いを定め、献上するようにと要求しているらしい。

伯耆はにやにやと嫌らしい笑みを浮かべて男性の言葉を最後まで聞いた後、眉尻を下げて男を憐れむような面持ちになった。

「へえ、明日結婚する予定だったのかい。それも、子供の頃から君たちはずっと愛し合っていたんだね。それはかわいそうなことをするところだったなあ」

同情するような伯耆の物言いに、男性の瞳に希望の光が宿ったように見えたが。

「本当にかわいそうだなあ。……あまりにもかわいそうで、俺は楽しくてたまらないよ。ははははっ」

伯耆はうっとりとした面持ちでせせら笑ったのだった。

このあやかしがなにを言っているのか、透花は理解できなかった。

話の展開から伯耆が女性を見逃してやるという流れになりそうだと、ちょうど安心したところだったのに。

伯耆は愕然としている男性に近づき、頭頂部の髪をむんずと掴むと、心から楽しそうな微笑みを浮かべた。

「女が絶望する顔が俺はとても好きでねえ。特に、想い人がいる女を弄んで泣かせるのは、酒を煽るよりも人間を殺すよりも気持ちがよくてたまらないんだよなあ！　ははっ」

伯耆に至近距離でせせら笑われ、男性は瞳に涙を浮かべている。傍らにいる顔面蒼白の女性――松子は俯き、小刻みに震えていた。

「ちっ……。下衆が……！」

千蔭の押し殺した声が聞こえてきた。

透花はいまだに眼前の光景が理解しがたかった。

なぜそんなひどい仕打ちができるのか。人が苦しんでいるのが楽しいだなんて、どういう思考回路をしていればそんな感情を抱けるのだろう。

わからないのは、自分が世間知らずなせいだからだろうか。

「そこの女、まあまあ顔がいいから一応手に入れておくか、くらいの気持ちだったんだけどね。今の君の話を聞いて、絶対に自分のものにしたくなったよ。その子が泣き叫んで俺に許しを乞う姿を想像すると、ゾクゾクするなあ。……ありがとうね、君。俺を楽しい気分にさせてくれて」

そこでようやく伯耆は、男性の髪から手を放した。しかし乱暴に投げるようにしたため、勢い余って男性は後ろに倒れてしまう。

すると、涙を流しながら松子が彼にすがった。なにか声を上げていたが、嗚咽《おえつ》交じりだったためよく聞き取れない。おそらく、愛する彼の名を呼んでいるのだろう。

そんなふたりを一瞥《いちべつ》した後、「その女は今夜もらいに行くからなあ！」と上機嫌な面持ちで言うと、伯耆は身を翻し手下と共に去っていった。

ふたりの男女が道端で号泣しながら抱き合っているという異様な光景だったが、通りすがる人々たちは遠巻きに眺めているだけだった。

中には、何食わぬ顔で通り過ぎた者もいた。

この町ではあまり珍しくない光景らしいと、人々の行動によってわからせられてしまう。

「……透花。そろそろ宿に入るぞ」

泣き叫ぶふたりの男女を眺めることしかできない透花に、朔弥がそう告げた。

「朔弥……。あのふたりを助けられない？　伯耆をすぐに討伐すれば……」

あまりに哀れで、一刻も早く救ってやりたいという気持ちでいっぱいになった透花は、そう尋ねる。

　すると朔弥は少しの間黙った後、口を開いた。

「俺もなんとかしてやりたいとは思うが。……伯耆はなかなかの手練れらしい。迂闊には近寄れない。今後の町の安全を考えると、俺たちは慎重に動かなければならない」

　優しく諭すような朔弥の口調だった。

　確かに彼の言う通りだ。土蜘蛛の討伐の際、朔弥が命がけで任務に取り組んでいるのを透花はこの目で見ている。思いつきの行動は死を招くだろう。

　千蔭もそれは理解しているらしく、困ったような面持ちで透花を見つめている。

「……そうね」

　そう答えると、透花は俯いた。

　頭では朔弥の言葉が正しいとは理解できる。だが、愛する男女が今から引き裂かれるのを知ったうえで見捨てるしかない現状に、どうしてもやるせなさを覚えてしまうのだった。


　宿帳に名を記して宿泊する部屋に案内された後、透花は朔弥と千蔭と共に、宿内にある酒場へと赴いた。

　酒場で夕食を取るのも透花には初めての経験だった。

本来ならば気分が高揚する時であるはずなのに、先ほどの男女の哀れな姿がどうしても頭から離れずあまり明るい気持ちにはなれない。

酒場は酒をあおりに来た地元の人と、旅人らしき人がちょうど半々くらいを占めているようだった。

透花たちは、調理場を挟んだ長テーブルに三人並んで腰かける。

すでにテーブルについている町人たち数名が店の大将と雑談していたため、情報収集には持ってこいの席だったのだ。

旅慣れている朔弥が「この辺なら透花も食べやすいだろう」と、おでんや刺身、湯豆腐などを適当に注文してくれた。

西園寺家で雇った料理人が作る食事で育った透花にとって、大衆酒場の大皿にのった料理を食すのは少し勇気が必要だった。しかし口にしてみれば、どれもどこか懐かしさを覚える味で、少々濃いようには感じたが後を引くおいしさだ。

「ふたりが飲んでいるお酒はおいしいのかな？」

朔弥と千蔭は、注文した料理をあてに、おちょこに入った酒をちびちびと飲んでいた。

飲酒は法律では二十歳からと定められているはずだが、あまり厳しくは取り締まっていないようで、成人に近いふたりが酒を注文していても誰も気には留めていなかった。

「おいしくねえから透花はやめとけ」

苦笑を浮かべて千蔭が告げる。なんだか子供扱いされたような気がして、透花は頬を膨らませた。

「そんなの、飲んでみないとわからないじゃない」

「西園寺家での祭事の時、神酒《みき》を飲んでいただろ？　口に入れた瞬間、顔をしかめていたじゃねえか」

「あ……」

確かにそんなこともあった。

神酒はとても苦いうえに、喉を通る時にやたらと熱くて、不快感しか覚えなかった。しかもその後、酔っぱらって体が火照ってしまって、『透花さまのその顔色……！災厄のあやかしが現れたか!?』と周囲の者が右往左往し始めた記憶もある。

「神酒もさらりと飲めねえんじゃ、やめといた方がいいだろ？」

「うっ、そうね……」

悔しいけれど千蔭の言う通りである。ここは素直に飲酒は控えた方がよさそうだ。

「別に透花が飲みたいなら飲んでも構わない。……酔ったら俺が介抱してやる」

それまで、ふたりの会話を少し不機嫌そうに眺めていた朔弥が、やけに真面目な面持ちでそう告げた。

「で、でも朔弥に迷惑をかけてしまうかも」

「迷惑なんてあるものか。酔いが回って乱れた透花も見てみたい。……さぞかわいいのだろうな」

「えっ……」

話が予想外の方向になったので透花が困惑していると。

「さ、朔弥、お前なにを……。き、危険な匂いがする……！　透花、やっぱりしばらくは酒を飲むんじゃないぞ！」

千蔭が慌てた様子で透花から酒瓶を遠ざけた。すると。

「すまない。……ふたりとも、いったん静かにしてくれ。今すぐにだ」

急に朔弥の声が真剣みを帯びた。

突然どうしたのだろうと透花が不思議に思っていると、こんな声が聞こえてきた。

「なんだかんだ言ってよお、身の危険はない今の生活は安心だよな」

「ああ。伯耆さまに捧《ささ》げられた女たちには悪いし、収入の一部を献上するのは懐が痛いが……。命には代えられねえ」

「本当に伯耆さまさまだなあ」

頬を赤く染めたほろ酔い状態の客の男性と、調理場で手を動かしている店主との会話だった。

　地元の人たちが伯耆のことを話題にし始めたのに気づき、朔弥は自分たちに静かにするよう注意したのだろう。

　確かに、伯耆に従っている間は町人の安全は保障されている。多少の犠牲を払うのは仕方ないと皆が考えるのは、当然である。

　――だけど、本当にそれでいいのかな。さっき見たあのふたりは、とてもつらそうだった。愛し合った人と引き裂かれるのは、死ぬより苦しいんじゃないかな……。

　絶望している彼らの様子を思い出すと、透花の胸は痛んだ。

　あのふたりの姿は氷山の一角に過ぎない。きっとこれまでも、伯耆に同じような目に遭わされている男女は無数にいるはず。

　それにたとえ相手がいない女性であっても、愛してもいないあやかしの欲望を満たすためだけに自分の体を弄ばれるなんて、耐えがたい屈辱に違いなかった。

「……ちっ。町の女たちを犠牲にして成り立っている暮らしだろ？　あんたらそれでいいのかよ」

　千蔭が嫌悪感を露わにした面持ちとなり、低い声でそう呟いた。

　すると客と店主は顔を見合わせ、ふたりとも気まずそうな顔をする。

「あんたら旅人か。……そりゃ、俺たちだって全面的にいいとは思ってないさ。だが伯耆さまがいなければ、明日の命だってあるかわからねえんだ」

「あんただってあやかしが恐ろしいのはわかるだろ？　だが伯耆さまは、条件付きだが俺たちを他のあやかしから守ってくださっている。……そのためには若い女の犠牲くらいやむを得んさ」

「女の犠牲くらいだと……!?　てめえ、自分が男だからそんなこと言えんだろっ。女たちがどんな思いで……！」

ふたりの主張にとうとう憤りを覚えたのか、千蔭が立ち上がり食ってかかる。

「じゃあ伯耆さまに逆らえって言うのかよ！　そして他のあやかしたちにも立ち向かえってか!?　この町は鬼門の近くだ！　あやかしがいつ鬼門を通ってくるかわからないんだぞ！　そんなの、俺たちに殺されに行けって言ってるようなものじゃねえかよ！」

千蔭の言葉に黙っていられなくなったらしく、町人の男性が千蔭に向かっていきり立った。

すると千蔭は「くっ……」と小さく呻いた後、返す言葉が見つからなかったようで、唇を噛みしめながら席に座る。

町人の男性もそれ以上千蔭と争う気はないようで、憮然《ぶぜん》とした面持ちでそっぽを向いた。

——確かに、人間があやかしに立ち向かうなんてできるはずがないよね……。

あやかしが宿っている自分に対する、西園寺家の者たちの恐怖の視線が自然と思い出された。

人間にとって、あやかしは絶対的強者なのである。

あやかしに出くわし虐げられても、自然災害に遭った時のように『それは運が悪かった』としか人間たちは感じない。

だが、それを踏まえても、伯耆に慰み者にされている女たちが哀れでならない。どうにか救えないのだろうか。

しかし、店主と町人、千蔭の三人のやり取りは店中に響き渡るほどの大声だったので、店内にいる客の女性や給餌の女店員の耳にも届いているはずだが、皆、特に気にした様子もなかった。

——女性たちもきっと諦めているのね。みんなの命を守るために女が犠牲になるしかない、仕方がないって。

そう考えると余計に透花の胸は痛んだが、店内を見渡して、意外に女性の数が多いなとふと気づいた。

伯耆が好みそうな、若く器量のいい女性も楽しそうに酒を飲み交わしている。

思い返してみれば、大通りでもたくさんの町の女性たちが闊歩している姿を見かけた。伯耆は何人もの女を手籠めにしているらしいが、それにしては皆明るい顔をしているし、数も多い。

もともと女性の人口が多い町なのだろうか。

そんなふうに、透花が思考を巡らせていると。

「……あんたたち、軍人さんか？」

朔弥と千蔭の方を一瞥すると、店主が口を開いた。

おそらく、入店した時にふたりが帯刀しているのを見ていたのだろう。その刀は今、壁に立てかけられている。

明治の初めに帯刀を禁止する法案が政府によって可決されるところだったが、あやかしに比べてただでさえ脆弱な存在である人間から武器まで奪えないと判断されたようで、結局その法案は流れた。

しかし、大正も三十年が過ぎた現在、普段から帯刀しているのは軍人か腕に自信のある一部の者に過ぎない。そもそも刀一本を振り回したところで、並みの人間ではあやかしに太刀打ちできないためである。

朔弥と千蔭がなにも答えないでいると、店主は深く嘆息した後、こう続けた。

「頼むから、余計なことはしないでくれよ。この町の人間は現状に納得してるんだから」

店主の言葉に同調するように、先ほど千藤と言い合った男性は不満げにこちらを見ていた。

――異種共存宣言が採択されて、人間とあやかしは平等だって世の中になったはずなのに。やっぱり現実は全然、そんなうまくはいかないみたい……。

結界の中でも、自分に対する扱いや新聞記事などで、外の世界の雰囲気はなんとなく察していたが、まさかここまでとは。

『ふたりとも、いったん静かにしてくれ』と言った後から、朔弥は無言を貫き通している。終始無表情で酒をちびちびと飲んでいた彼がなにを考えているのか、透花には想像できなかった。

酒場で夕食を取った後、三人はあてがわれた部屋に入った。

宿帳に記入する時、千藤が気を遣って『なあ、透花は別に部屋を取った方がいいんじゃないか？』と提案してくれたが……。

『は？　意味がわからん。俺たちは夫婦になるのだから同室は当然だ。むしろお前が別室に行け』

と、仏頂面で朔弥が言い放った。

その後は『絶対に嫌だね！　俺はまだお前たちの結婚は認めてないっつーの！』

『だから別にお前に認められなくてもいい。透花とはもう何回も一緒に寝ているし』『は!? て、てめぇー!』などという争いが始まった後、結局三名一室で宿泊することに決まった。

部屋では、千蔭は刀の手入れをしたり透花は持ち物の整理をしたりと各々雑用をして過ごしていた。

しかし朔弥は窓の近くに座り、外を見ながらぼんやりとしていた。なにを考えているのだろう。

そんな朔弥の姿を見て、少し前の出来事が透花の脳裏に浮かぶ。

今回の任務を受け、朔弥が彼の下につく人間の軍人たちに任務の詳細を説明していた時の様子だ。

土蜘蛛との戦闘が朔弥の自宅付近だったため、彼らは近くに野営を張ったままだった。よって次の任務の説明は、彼らが朔弥の自宅の大広間に赴いて受ける形となった。

別に透花に盗み聞きするつもりはなかったが、有馬の手伝いで廊下を歩いていたところ、たまたま少し開いていた扉の隙間から、その様子が見えたのだ。

彼らは、相手が宿場町を支配している白蛇の伯耆と知るなり顔を真っ青にした。

『ほ、伯耆って妖力が強く凶悪だと有名な者ではないですか……!』

『そんなあやかしの相手、自分たちにはできません!』

『潜入任務ならば、人数が少ない方がよいでしょう。朔弥さまがおひとりで動いた方がよろしいのでは？』

『軍神の朔弥さまならば、白蛇など取るに足らないでしょう？』

朔弥を持ち上げながらも、自分たちの身の安全のために、恐ろしい任務を彼ひとりに押しつけていたのは明白だった。

そんな人間たちを見て、朔弥は表情も変えずにこう答えたのだ。

『……わかった。お前たちはついてこなくていい。確かに今回の任務の特性を考えると、少人数の方が動きやすいしな。だが今回だけではなく、今後もお前たちの力は不要。あやかしの相手など俺ひとりで十分だ』

朔弥は情けない言動をする人間たちに呆れてしまったのか、いない方が面倒がなくてよいと考えたようだった。

今後いっさいついてこなくていいと戦力外通告されたにもかかわらず、人間たちは悔しがるどころか喜んでいた。

これで危険な目に遭うのは、紅眼の軍神だけだ。戦いなど、人間でもあやかしでもない半妖に押しつければいい。

朔弥の言葉に安堵の笑みを浮かべる人間たちから、そんな傲慢な感情が透花には透けて見えた気がした。

そして伯耆を討伐するために宿場町にやってきたというのに、今度は町の者から『余計なことはしないでくれ』と釘を刺されてしまった。

どうしたって人間と相容れない朔弥の姿に、キュッと胸が締めつけられる。

一度、朔弥が寝言で『俺が……半妖だから』と呟いていたのを透花は耳にしている。それに、半妖は人間でもないしあやかしでもない中途半端な存在だと、いつかの夢の中で自嘲気味に言っていた。

詳しい事情はわからないが、どっちつかずの自分の立場について、朔弥はなんらかの葛藤を抱いている節がある。

村人たちに『化け物』と呼ばれて人間扱いされなかった自分の姿をつい朔弥に重ねてしまった。

「……ねえ朔弥」

透花が声をかけると、朔弥はおもむろに振り返った。

「ん？」

「私、誰がなんと言おうと朔弥のそばにいるからね」

そう口にした後、なんだか無性に恥ずかしくなって透花は照れ笑いを浮かべる。すると、それまで空虚だった朔弥の瞳にほんのりと色が灯ったように見えた。

「……ああ。ありがとう透花」

朔弥は口角を上げて小さく微笑んだ。

普段から朔弥は大口を開けて笑うようなことはしないし、そもそもあまり微笑まない。だからなのか、今のようにほのかな笑みを浮かべる姿を見ると、透花はとても嬉しくなる。

それにしても、町の者たちは伯耆に支配されて得られている身の安全にしぶしぶ納得しているという状況だ。このまま伯耆を滅ぼしてしまえば、また別の問題が起こるだろう。

「朔弥、これからどうするの？　町の人は余計なことをするなって言っていたけれど……。伯耆っていうあやかしを討伐して大丈夫なのかな？」

透花が尋ねると、朔弥は神妙な面持ちになり深く頷いた。

「当然だ。父上からの命令は絶対だし、伯耆がこの町の女たちを慰み者にしている現状を見過ごすわけにはいかない」

「だけどよ、伯耆を討伐したら他のあやかしが鬼門を通って町を襲ってくるかもしれねーんだろ？　そっちはどうするんだよ」

透花と同様の疑問を抱いていたようで、千蔭が朔弥に尋ねる。

「それとこれとはまた別問題だ。他のあやかしが現れて人間に危害を加えようものなら、また討伐するまでさ」

事もなげに答える朔弥だったが、透花の心は温まっていた。

――朔弥、『伯耆がこの町の女たちを慰み者にしている現状を見過ごすわけにはいかない』って断言した。見ず知らずの女性たちの身を第一に考えてくれるなんて、やっぱりあなたは優しい人……。

そんなふうに、朔弥の人間性を今一度透花が噛みしめていると。

「俺はそろそろ風呂に入ってくる」

そう言って、朔弥は立ち上がった。

風呂、という響きを聞いて透花は胸を躍らせる。

――そうだったわ……！　ここの宿には大きなお風呂があるのよね！

宿に宿泊するのも初体験の透花は、もちろん大浴場も初めてだったのだ。

「私もお風呂をいただいてくる！」

弾んだ声でそう告げると、なぜか朔弥がじっと見つめてくる。

「朔弥……？」

「……いや、なんでもない。ゆっくりと湯船につかって、温まってくるといい。疲れも取れるだろう」

なにか別の用件でもあったのではと透花は直感で感じ取ったが、大事なことなら後で話してくれるだろう。

透花は「はい」と微笑んで頷き、軽い足取りで大浴場へと向かった。

大浴場で体を流した透花は、程よい体の火照りと爽快感を覚え、上機嫌で脱衣所を出る。

――ああ、とても気持ちよかった！

大浴場は男湯と女湯に分かれていた。もちろん透花が入ったのは女湯だったが、透花の他にも宿泊客らしい女性が数名、大きな湯船に身を預けている。

西園寺家の離れにも風呂はあった。しかし、小さく身を縮めないと入れないほどの大きさだった。

なお朔弥の家の浴槽は大きく、透花が足を伸ばしても余裕があるほどだった。さすがに何人も入れるような広さではなかったが。

泳げるほど広い浴槽が、こんなにも開放感を覚えるものだったなんて。

――私は本当に世の中のことを知らなすぎる……。結界の外に出てからというもの、初めての経験ばかりだわ。

世間知らずすぎて朔弥に迷惑をかけているのではないかと不安を覚えつつも、これからもたくさんの初めてを自分は経験するのだろうと思うと気分が高揚した。

初めての大浴場も驚きや興奮、楽しさなど、さまざまな感情を覚えたので、つい長居してしまった。

――きっと朔弥も千蔭もとっくにお風呂を終えているわよね。早く部屋に戻らなくては。

そう考え、早歩きで大浴場のあった一階と部屋のある二階をつなぐ階段の方へ向かう透花だったが。

「……お客様」

背後から仲居らしき女性に声をかけられて、透花は足を止め振り返る。

「はい？」

「お風呂の後ですから、喉が渇かれているのでは？　よかったらこれをどうぞ」

女性はガラスのコップに入った白い飲み物を手渡してくれた。

ちょうど喉の渇きを覚えていた透花は「ありがとうございます」と微笑んで受け取る。そしてひと口飲むと。

「……おいしい！　水で薄めた乳飲料ですね？」

「ええ、そうです」

同じ飲み物を、西園寺家にいた頃に何度か飲んだことがある。優しい甘さが好きで、千蔭にお願いして夏場によく持ってきてもらった。

だが、知っている味とほんの少し違う気がした。原液を割った水の量が異なるのだろうか。

「喉が潤いました。ありが……えっ!?」

礼を述べながら、乳飲料を飲み干したコップを仲居に渡そうとした透花だったが。

「うっ……うう。どうかどうか、私を助けてください……！」

仲居が急に涙を流し始め、透花にすがってきたので驚いてしまった。

そこでよくよく仲居の顔を見て、透花はハッとする。

「あなたは……！　さっき伯耆に狙われていた……！」

そう。透花の眼前ですすり泣いている仲居は、この宿に入る前に伯耆に『今夜迎えに来る』と告げられていた女性――松子だったのだ。

宿の階段付近の廊下は電灯の明かりが十分に届いておらず薄暗かったので、彼女が誰なのか今まで透花は気がつかなかった。

「お客様……。伯耆と私たちのやり取りをご覧になっていたのですね。うっ……」

「え、ええ」

戸惑いながらも頷くと、松子は泣きはらした瞳で透花を見つめながら口を開いた。

「それならば話は早いです……。私は明日、幼馴染《おさなな じ》みの男性と婚儀を挙げる予定でした。ずっとずっと、大好きだった彼と……」

松子の瞳から、大粒の涙がこぼれる。想いを通わせた男性の顔でも思い浮かべているのだろうか。

「それなのに今日、伯耆に今夜から自分の女になれと命じられてしまいました。この町では伯耆の命令は絶対です。いかなる理由があっても、拒否はできません……。うう……」

「………」

あまりに悲惨な松子の状況に、透花は言葉が見つからない。

なにか自分にできることはないだろうか。無力な自分が情けなかった。

「だからお願いです……。今晩だけ、私の代わりに伯耆の元へ行ってくれませんか?」

「え……?」

思いもよらない松子からの懇願に、透花は虚を衝かれる。

「最後にひと晩だけ、あの人と過ごしたいのです。必ず明日の朝、あなたを迎えに行きます。だからお願いです……!」

「で、ですが……」

これから伯耆に慰み者にされると決まっている松子の願いなら、できるだけ叶えてやりたいところではある。

しかしひと晩だけとはいっても、彼女の願いを聞けば透花が伯耆の相手をさせられるということを意味するのではないか。

「あ……。ご心配には及びません。伯耆は手に入れた女にすぐには手をつけません。じっくりと時間をかけ、他の女への手ひどい扱いを見せつけて恐怖を味わわせた後……というやり口で有名ですので」

「そうなのですか……？」

他の女性がひどい目に遭っている姿を見せられるのも拒否したいところだが、松子の今後の運命を思えばそれくらいは自分が我慢してもいいのかもしれない。

——それにしても、本当に伯耆って卑劣な男ね……。

透花はだんだんと、松子の身代わりになることを前向きに考え始めていた。ひと晩だけで、自分の貞操の危険がないのならば構わないのではないかと。

「はい。あの男は、見目麗しい女性を好みます。本来行くべき私とは違う女性が来たとしても、あなたほど美しいのならかえって機嫌がよくなるでしょう。……明日私が迎えに行けば、激怒するかもしれませんが」

「え……！　それはかえって危険なのではないですか⁉」

自分が美しいかどうかはさておき、伯耆が松子に怒りをぶつける姿を想像し、透花は青ざめる。

しかし女性は瞳に涙を浮かべながら、力なく微笑んだ。

「構いません。……あの人と今晩一緒にいられるのなら、その後はどうだっていいのです」

泣いたせいか掠れた声ではあったが、淀みない口調は松子の決死の覚悟を感じさせられた。

——たった一時、大好きな彼と一緒にいるためにそこまで覚悟しているのね。私がこの人の力になれれば……！

とうとう松子の願いを聞き入れようと決意した透花だったが、その瞬間、朔弥と千蔭の顔が頭をよぎった。

このままふたりになにも事情を説明せずに伯耆の元へと行ってしまえば、透花が行方不明になったと彼らは必死になって自分を捜し回るだろう。

大きな騒ぎになるかもしれない。

——まずはふたりに相談しないと。あ、でも相談したら、こんなの反対されてしまうかも……。だけど考えてみれば、この状況は伯耆の討伐に利用できそうではないかな？

透花がひと晩だけ松子の代わりになれば、討伐の標的の元に堂々と潜入できるということを意味する。

思慮深い朔弥なら、この機会を利用した伯耆討伐の有効な作戦を立てられるのではないだろうか？　うまくいけば伯耆を打ち負かし、この女性の幸せも守れるかもしれない。

なにはともあれ、今この場で透花が独断で松子の願いを聞き入れるのは悪手だ。まずは部屋に戻って、ふたりに状況を説明しなければ。

「……私、あなたの力になりたいって心から思いました」

「本当ですか!?　では私の身代わりに……！」

透花の言葉に、松子は瞳を輝かせる。

いつの間にか松子の涙は止まっていた。誰かと会話し、気持ちが幾分か落ち着いたのだろうか。

「あ……。ですが、一度部屋にいる連れの者たちと相談してきます。いきなり私がいなくなったら心配しますので……」

そう伝え、透花は松子に背を向け階段を上がろうとした。しかし。

「うっ……!?」

なぜか急に足に力が入らなくなり立っていられなくなった透花は、階段に倒れ込んでしまった。

――動けない……！　いったいなにが!?　うっ、頭が……。

視界がにじみ、頭がぼんやりとしてきたかと思えば、強烈な眠気に襲われた。

「お連れ様に相談したら、反対されてしまうではないですか。ふたりとも、あなたをとても大切そうに見つめていましたもの。そうはさせません。だって、やっと私の代わりになれるような美しい外の女を見つけたのですから」

それまで恐怖に怯えたような声しか漏らさなかった松子が、混乱する透花に冷ややかな声で言い放った。

「あ、あなた……まさか……」

突然の睡魔は、なにか盛られたに違いないと透花は思いつく。先ほど松子から手渡された、少しいつもと味の違う乳飲料の存在を思い出し、臍《ほぞ》を噛んだ。

「あなたは私の代わりになるんです。ひと晩だけじゃない……一生ね。外から来た女を町の女の代わりに伯耆さまに捧げる。これがこの町の秘密なのです」

薄れゆく意識の中、松子の冷たい声音が聞こえてきた。

その言葉は自分にとって絶望的な内容のように思えたが、深く考える前に透花の意識は暗転した。


――お香の匂い……？

けばけばしさすら感じられる甘ったるいその香りは、あまり心地のいいものではない。

それまで意識を失っていた透花が目を覚ましてまず感じたのは、そんな不快な匂いだった。

どこか不埒《ふらち》な気配のあるその香りに自然と顔をしかめながらも、薄暗い部屋の中で身を起こす。なにか柔らかいものの上に寝かされていたようで、下は羽毛布団のようにふわふわとしていた。

目が慣れてくると、少し離れた場所がほんのりと明るい。そしてそこにいる者たちを見て、透花は戦慄した。

──伯耆……！

上半身裸の伯耆は、盃を片手に下卑た笑みを浮かべていた。彼の筋骨隆々の体には、半裸の若い女性ふたりがしなだれかかっている。

女性たちはこの状況を受け入れているのか、それともすべてを諦めているのか、心ここにあらずといった面持ちでぼんやりとしていた。

──そうだ。私、宿の仲居の松子さんに薬を盛られて……。そしてそのまま伯耆の元に連れてこられてしまったのね。

透花にすがりながら、『最後にひと晩だけ大好きな彼と一緒にいたい』と涙を流していた松子の姿を思い出す。

松子のその気持ちは本心だったのかもしれない。しかし、伯耆の魔の手から逃れるために、透花をひと晩だけではなく一生身代わりにしようと最初から目論んでいたのだ。

だが、そもそも松子も被害者であるためか、あまり憎む気持ちは湧かなかった。

一方で自分が非常にまずい状況に陥っていることに気づき、透花は青ざめる。

——どうしよう。私はこのまま伯耆に……？　朔弥、助けて……！

なす術なく、朔弥の凛々しい顔を思い浮かべながら透花が涙ぐんでいると。

「あれ？　君、やっと起きたのかい？」

伯耆に声をかけられ、透花はびくりと身を震わせた。

怯える透花の顔を見て伯耆はにたりと微笑むと、ゆっくり近づいてきた。

「君、結構俺好みの顔をしていたからさあ。眠っている間に君の体で遊ぶのも楽しそうだと思ったんだけどね。やっぱり、反応がある方がおもしろいだろう？　そう、泣き叫んだり、もう二度と会えない愛しの男の名を呼んだり……そんな女をいたぶるのは最高に乙なものだよね」

あまりにも理解しがたく、そして気色の悪いことを伯耆はのたまう。

透花は反射的に後ずさるが、すぐに壁に背中がぶつかってしまう。それ以上の逃げ場はなかった。

暗がりでも発光しているような美しい白髪に、大きな瞳、通った鼻筋。伯耆の容姿は美青年と称しても差し支えないほど整っていた。

しかし彼の正体は、白蛇のあやかし。周りが黄色く黒い瞳孔は縦に長く、蛇の名残を残している。

爬虫類《はちゅうるい》特有の無機質な気配のする双眸に、透花はおぞましさを覚える。

「君は町の女の代わりによこされた、外から来た女だったよね。……あの女、意中の男がいるようだったから、できれば俺の手でその想いを踏みにじってやりたかったんだけど。まあ、いいか。君はあの女よりも数段美しいし。俺は別に、かわいい子さえよこしてくれればそれが町の女だろうと外の女だろうと、どっちでもいいからなあ」

「……なぜ。なぜこんなこと」

女を物としか思っていない伯耆の言動が信じられなくて、透花は掠れた声を漏らす。

男性の中には女遊びが好きな者がいることくらい、透花だって知っている。

しかし愛する妻がいてこそのその場限りの火遊びだったり、相手がいない男が一夜のぬくもりを求めて女性を買ったりするのが、一般的な女道楽なのだろうと透花は考えていた。

それならば、共感はできないがそういう男性もいるのだなと許容はできる。朔弥がそんな男性だったら悲しくは感じるが。

だが伯耆は、体を商売道具にしていない女をさらい、あえてその心と体を傷つけ、悦に入っている。そんな思考は微塵も理解できない。

「なぜって？　だって人間はあやかしの僕《しもべ》でしょ？　俺がどう扱おうが構わないじゃないか。むしろ、俺のような高位のあやかしに抱かれるのだから、感謝してほしいくらいだねえ」

　また、透花にとっては訳のわからないことを伯耆がのたまう。驚きのあまり透花は声も出ない。

「人間の女はいいよ。あやかしの女と違って従順でさあ。最初は威勢のいいことを言っていた女も、少し痛めつけて体に俺を覚えさせれば、すぐに従うようになるからなあ」

　少しずつ近づいてきていた伯耆は、もう透花の眼前まで迫っていた。そして下卑た笑みを深くすると透花の方へと手を伸ばし、指先でその頬に触れた。

「君もすぐに余計なことは考えなくなるよ。まあ、その方が幸せだろう？」

　伯耆の口が開き、その舌が見える。先が二又に割れていて、なんとも不気味だった。

　その舌と縦長の瞳孔を至近距離で目にし、透花の恐怖が増大した。

　しかしこれまでの伯耆の言動から、不思議と彼を憐れむ気持ちが湧いてきた。それまでまったく解せなかった伯耆の言葉だったが、なぜ彼がたくさんの女たちのぬくもりを欲しているのかを考えてみたら、あるひとつの可能性に思い当たったのだ。

「あなたって、きっとかわいそうなあやかしなのね。……ほんの少し私に似てる」

静かな声でそう告げると、伯耆の頬がぴくりと引きつった。

「……なんだって？」

伯耆にとってそれは予想外の言葉だったのか、彼は低い声で聞き返す。

透花は伯耆をまっすぐに見つめ返した。

彼に恐ろしさを感じなかったわけではない。ただ、彼を不憫に感じる気持ちの方が今は勝っていた。

「……誰かから愛されたことがないのね。だから女性たちを手に入れて、弄んで壊したいのでしょう？　そうすることでしか、心が満たされないから。愛される方法も、愛する方法もわからないから」

──私だって、本当はよくわからない。人を愛するなんて。私が三歳になる前に死んでしまった両親以外、誰からも愛されていなかったから。

結界の中で、自暴自棄になったのも一度や二度ではない。いっそ毒華姫の封印が解け、その力でこんな世界など壊れてしまえばいいと、破滅願望を抱いたこともあった。

しかし月に一度だけ微笑みかけてくれる夢の住人の朔弥によって、透花の心はすんでのところで保たれていたのだ。

「……ふっ。ははははっ！　あははははは！」

透花の言葉を聞いた伯耆は、しばらくの間呆《ほう》けた面持ちをしていた。しかし。

なにがおかしいのか、鼻で息を吐いた後に腹を抱えて笑い出したのだ。

意外な反応に、透花が困惑していると。

「……いたっ」

伯耆は透花の髪を掴み、強く引っ張ってきた。そして、鼻先が触れそうになるほどの距離まで自分の顔を近づけた。

「そうだなあ、俺は愛とか恋とかくだらないもの、よくわかんないからなあ。じゃあ君が俺に愛ってやつを教えてくれよ」

「い、嫌っ……！」

透花は必死になって首を横に振ろうとしたが、髪を掴まれているためうまく動かせなかった。

透花が慕情らしき好意を抱いているのは、朔弥のみ。しかしそれすらも愛なのかと考えてみれば、そうだとは断言できない。

透花自身、愛などという形のないものについて、まだよくわからない。だが、眼前の生理的な嫌悪感を覚える伯耆に恋情を抱くのが無理なのは明白だった。

「は？　人間ごときが俺様にご高説垂れといて拒否ってんじゃねーよ。……君はなんだか他の人間の女とは違うなあ。本気で俺のものにしたくなったよ」

伯耆は口から舌を出した。二又に分かれた舌先が、ちろちろと細かく動く。

まさに今の透花は、蛇に睨まれた蛙《かえる》であった。

彼に抱いていた悲哀が、増大した恐怖によってかき消される。

「いつもなら、遊び飽きた女は捨てて他のあやかしにあげちゃうんだけど。君はずっと俺の手元に置いておきたいなあ。……俺が一生かわいがってやるよ」

舌なめずりする伯耆の前で、透花は歯を鳴らして震えることしかできなかった。

第五章　鬼門の封印

入浴が終わった朔弥が部屋に戻ると、入れ違いで千蔭が大浴場へと向かった。

透花はまだ女湯から戻ってきていない。

基本的に湯あみは女性の方が時間がかかるし、大浴場は初めてだと透花が話していたので、ゆっくりと大きな湯船を堪能しているのだろう。

ひとりきりになった客室の中で、朔弥は最近の出来事を思い出していた。

酒場で町人と店主が話していた通り、この近くには鬼門がある。鬼門を通ってあやかしは人間界にやってくるため、この町は狙われやすい環境となっている。

だから、この町を縄張りとしている伯耆の存在によって町人が安心を得ているのは事実なのだ。

――やはり鬼門の存在が厄介だな。

それさえなければあやかしたちは頻繁に町にやってこなくなり、町人たちも今ほど伯耆の討伐に難色を示さなくなるはずだ。

――俺に鬼門を閉じる能力さえあれば。

実は朔弥の父であるあやかし界頭領の酒呑童子は、人間界の平和を守るために鬼門の封印を考えていた。

鬼門は全国に百八つ存在する。ひとつはあやかし界と人間界のつながりを維持するために残し、他の百七つは封じてしまおうという計画が立てられているのだ。

しかし、ふたつの世界をつなぐ鬼門の封印は簡単ではない。あやかしと人間それぞれの生命力が必要だった。

生命力――すなわち命である。ひとつの鬼門を封印するために、あやかしと人間ひとりずつ、つまりふたつの命を捧げなくてはならないのだ。

だが、平和を望むために鬼門を封印するというのに、生贄《いけにえ》を用意するなど本末転倒である。そのため、鬼門の封印計画は見送りとなった。しかし。

『鬼門の封印にはあやかしと人間の生気が必要……。つまり朔弥、あやかしと人間、両方の血を引いているお前なら、鬼門を封じる能力があるのではないか？　お前にしかできないはずだ』

透花を結界の外に連れ出す少し前に、父は朔弥にそう声をかけてきたのだった。

『お前にしかできない』という父の言葉は、生まれて初めて尊敬する彼の役に立てると単純に嬉しかった。

半妖への風当たりはあやかし界でも強い。実は朔弥の存在は、父と母が信頼している一部のあやかししか知らない。言わば、朔弥は隠し子だった。

朔弥が母の胎内に宿った時、父も母も子ができたと大々的に公表したかったらしいが、今のあやかし界で半妖の子は決して幸せになれないと側近に全力で止められたそうだ。

父も母もそんな現状を理解していたようで、しぶしぶ側近の言葉に従った。

公式発表では、父は人間の母との間に子を成しておらず、側室の女にだけ子を産ませていることになっている。

——父上はそんな俺を蔑まず、ずっと温かく見守ってくれている。

朔弥の存在は、少なからず父母の迷惑になっているはずなのに。

だから朔弥は、どんなことをしてでも父の役に立ちたかった。

鬼門の封印が朔弥にしかできないならば、とんでもない僥倖《ぎょうこう》に巡り合った気分だった。

しかし、父の言葉を受けた後に鬼門の封印を試みたものの、朔弥の力が及ばず成功しなかったのだ。

『朔弥、そう落ち込むな。お前が生気を注ぎ込んだ鬼門に封印の反応が見られたのは確かだ。もう少し力をつければ、きっと封印できるようになるさ』

うなだれる朔弥を父はそう励ましてくれたが、やはり自分自身がふがいなかった。

——もう少し力をつければと父上は言ったが、俺の見立てではまだ全然力が足りない……。一生鍛錬に励んでも、鬼門を封印できるほどの力がつくかどうかはあやしいところだ。

その時の出来事を思い出すとつい気落ちしてしまうが、今はしょげている場合ではない。

鬼門を封じられない現状で、伯耆を討伐した後にどう町人の安全を確保するかを考えなくてはならない。

千蔭との言い争いの中では、つい『それとこれとはまた別問題だ。他のあやかしが現れて人間に危害を加えようものなら、また討伐するまでさ』と強気な言葉を吐いてしまったが、ずっとこの町を見張っているわけにもいかない。

町人の命を守るためには、もっと有効な策を講じなければならないのだ。

などと思案していた朔弥だったが、透花がいまだに浴場から戻ってきていないとふと気づく。

彼女が部屋を出てからもう一時間以上経った。さすがに時間がかかりすぎではないだろうか。

「なあ。透花、遅くないか？」

すでに部屋に戻ってきていた千蔭も、ちょうど同じように感じていたようで、不安そうな面持ちで朔弥に声をかけてきた。

正直この男とはあまり会話をしたくないが、今はそんなことにこだわっている場合ではない。

「……俺もちょうど同じように考えていたところだ」

朔弥はしぶしぶ答える。

「あ、やっぱり？　この宿、結構広いし、もしかしたら部屋がわからなくなってるのかなあ。ちょっと様子を見に行かないか？」

この男と言い争うと透花が困った顔をするため、彼女の前ではできるだけ口喧嘩は避けていた。しかし実は、透花がいない時はいがみ合ってばかりである。

だが千蔭は、今起きている問題はそれとこれとは別だと考えているようで、事もなげに朔弥に提案した。

千蔭と数日共に行動して思ったが、この男は根っからの善人なのだろう。

彼は朔弥と透花の仲を認めないとほざきながらも、朔弥を心から憎んでいるわけではなさそうである。

そんな千蔭の素直さがやたらと眩しくて、気に食わなかった。あやかしからも人間からも拒否されるのが前提の自分とは相容れない存在だと、本能が訴えている気がする。

――まあ、だが。今はこいつの言う通りだ。

「……ああ」

朔弥が頷くと、ふたりは連れ立って部屋から出て浴場の方へ向かった。

女湯の入り口まで来たが、当然中には入れない。もしかしたらまだ透花は出てきていないのかもと考え、入り口付近でしばらくの間待ってみたものの、出てこなかった。

その後、千蔭と手分けをして酒場の様子を見に行ったり部屋に戻ったりしてみたが、やはり透花の姿はなかった。

また、大浴場から出てきた女性に透花の特徴を説明し、見かけなかったかと尋ねてもみた。しかし、皆が首を横に振った。

「なあ、いよいよヤバくねえか……!?　透花マジでいねえじゃん！　もしかして、あやかしにさらわれちまったんじゃ……！」

「落ち着け。まだそうと決まったわけじゃない」

再び浴場の前で合流した千蔭が大層慌てていたが、朔弥は冷めた声をかける。

朔弥も少なからず動揺はしていた。しかし、こういう時は焦っても仕方がない。

数々のあやかしとの戦いに勝利してきた朔弥は、身をもってそれを知っていた。

——もし、あやかしの襲撃があって透花がさらわれたのだとしたら、宿の中がこんなに落ち着いているわけがない。透花が自らここを出ていったか、あるいは……。

宿の中の人間に悪だくみをしていた者がいたかだ。

するとその時、背後から視線を感じて朔弥はハッとして振り返る。

視線の元は、雑巾を持った宿の仲居の女性だった。なぜか青い顔をしてこちらを見ていたが、朔弥と目が合うなり不自然な動作で顔を背け、床を拭き始める。

そんな挙動不審な振る舞いをされて、見逃すわけがない。朔弥は女性の方へ近づき、声をかけた。

「俺たちの連れだった女性を知らないか。身長はあなたくらい。緑がかった黒髪の美人だ。珍しい髪色だから目立っていたと思うが」

「さ、さあ？　見かけておりません……」

震えた声で女性は答えるも、明らかに動揺した様子で目が泳いでいる。

瞬時に嘘だと朔弥は見抜いた。

――それにこの女。よく見たら、伯耆に今夜迎えに来ると告げられていた女ではないか。確か名は松子といったか。

「透花、どこに行ったんだ……」

能天気な千蔭は松子の虚言に気づいていないようだが、今はどうでもいい。

朔弥は脳内で速やかに情報を整理し、松子の行動を推測した。

今夜伯耆の元へ行くはずなのに、悠長に仲居の仕事をしているのはおかしい。伯耆はこの町の支配者なのだから、町の者はできるだけ着飾らせて松子を捧げようとするはず。

そういえば、この町の若い女性は定期的に伯耆のものになっているはずなのに、楽しそうに通りを闊歩する乙女たちを何人も見た。先ほど訪れた酒場でも、嬌声《きょうせい》を上げて男と酒を飲み交わしている女たちを不自然に感じた。

——自分がいつ伯耆に狙われるかわからないのに。それにしては、この町の女たちはまったく怯えた様子を見せない。

まるで、伯耆の件など自分には関係ないとでも言わんばかりの振る舞いだ。

そう思った瞬間、断片的なこの町の状況と姿を消した透花の行方が一本の糸につながった。

「この町の者は、町の女の代わりに外から来た女を伯耆に捧げているのだな。そして今夜は、お前の代わりに透花を伯耆の元へ送ったのだろう?」

朔弥が冷静な口調で告げると、松子は目を見開いた。千蔭の口からは「なっ……!」という掠れた声が漏れる。

「も、申し訳ありません……!　お許しくださいっ。どうかどうか……!　私以上の美しい女を捧げないと、私が伯耆さまの元に行かなくてはならなくってっ。なかなか見つからなくて焦っていたところ、あなた方のお連れのかわいらしい女件を見つけまして……!」

松子は額を頭にこすりつけ、必死に許しを乞う。

しらを切られるかと思っていたのに、やけにあっさりと認められて拍子抜けする。

自分自身の行動に後ろめたさを覚えていたのだろうか。

しかし松子の言動に朔弥は白けた気分になった。そんな懇願をされたところで、許せるはずがないのだ。

――俺の大事な透花を危険にさらした奴など。

「……おい」

朔弥が低い声を上げると、松子は恐る恐る顔を上げた。

「彼女は俺の伴侶だ。勝手に他の男にあてがわれて、許せるはずがあるか？」

怒りをたたえた瞳で睨みつけながら静かな声音でそう告げる。

すると松子は瞳に涙をためた。朔弥の言動に恐怖を覚えているのか、歯をカチカチと鳴らしている。

「も、申し訳ありません……！　でも私はそうするしかなかったのです！　ほ、他の町の女たちだってみんな、宿に泊まった旅の女を代わりに捧げておりまして……。そうすれば二度と伯耆さまの元に行かなくていいから……！」

「ほう。前例があるから、それに倣った自分は悪くないとでも言いたげだな」

腐った主張に反吐が出る。

町や居酒屋で楽しそうにしていた町の女たちは、全員外の女を身代わりにした者というわけか。

「で、ですが。彼女は美しい方だったので、きっと伯耆さまのお気に入りに……！

そうすればかわいがってもらえて、きっと贅沢な暮らしができます！　決して悪いことばかりでは――」

「ああ!?　なに言ってんだてめえっ」

それまで朔弥と松子の会話を困惑した面持ちで見守っていた千蔭が、いきり立った様子で怒鳴り声を上げる。

朔弥にとってはいけ好かない千蔭だが、彼は彼で透花を大事に思っていることは確かだ。そんな彼なら、松子の今の言葉に怒りを覚えて当然である。

声を荒らげた男を前にし、松子はさらに恐れおののいたのか、泣きながらまた土下座を始めた。

――こんな脆弱で卑屈な女と話していても仕方がない。

松子を責め立てたところで、透花が帰ってくるわけではない。これ以上の対話は時間の無駄である。

――だが本当にこの町の者たちは腐っているな。……俺はこんな奴らのために伯者を討伐するのか？

伯者の支配下から町の者を救った後、鬼門から襲ってくるあやかしの対処まで考えていた自分が、あまりに愚かに感じられた。

もはやこの町の者が伯者に今後搾取され続けたとしても、たぶん朔弥の心は微塵も痛まない。

だが、敬愛する父からの依頼はこなさなければならない。

――伯耆を倒した後、この町がどうなろうと俺の知ったことではない。鬼門からやってきたあやかしに滅ぼされたとしても。

むしろ、自分たちの安寧のために他者を犠牲にする者たちなど滅んでしまえばいいとすら思った。

――もうこんな町の行く末などどうでもいい。透花を救出し、伯耆を打ち負かしてさっさと去ろう。

すすり泣く松子を尻目に、朔弥が黙考し始めると。

「おい朔弥！　お前、なに落ち着いて考え事してるんだよっ。さっさと透花を助けに行かないと……！　えっと、伯耆の住処はどっちだっけ⁉」

千蔭が傍らで慌てふためいていた。

千蔭ももはや松子と話しても仕方がないと考えたのか、涙を流す彼女の存在は気にしていない様子だが、透花のことを考え気が気でないのだろう。

そんな千蔭に、朔弥は冷めた視線を向ける。

「馬鹿かお前は。慌てたところで透花が返ってくるわけでもないのに」

「そりゃそうだけどよ！　あの伯耆って奴は好色なんだろ⁉　い、今こうしている間にも透花の体が……！」

「………」

まあ、千蔭が狼狽《ろうばい》するのも致し方がない。

自分だって、透花が伯耆の毒牙にかかっている光景を想像するだけではらわたが煮えくり返る。だが朔弥は、透花が最悪の目に遭う可能性は極めて低いだろうと実は知っていた。

そう、今夜の透花に限っては。

「白蛇のあやかしは夜に活動的になる。そんなあやかしが支配している町の夜に、いくら風呂だからといって俺がなにも考えずに透花をひとりきりにさせたと思うか？」

「え……？」

朔弥の言葉に、千蔭は眉をひそめた。

「本来なら風呂だって一緒に入っていたところだ。この宿には家族風呂もあるからな」

「は、はあ!?　透花と一緒に風呂だとっ？　そんなの俺が許さんぞ！」

一緒に風呂、という文言に、千蔭は状況も忘れて憤っているようである。今はそんなことを気にするほどの余裕はない状況だというのに。

実は、万が一の可能性を考えて、透花が風呂に行こうとした時に朔弥は家族風呂を提案しようとした。

しかし透花は大浴場を楽しみにしているようだったし、初心な彼女は十中八九、朔弥と一緒の入浴に難色を示すと思ったので踏みとどまったのだ。

——まあ、今夜でなければなんとか透花を言いくるめて一緒に入浴したがな。

顔を赤らめ、小さな手ぬぐいで自分の肌を隠そうとする透花を想像すると、なおさらだった。

それにこんな事態になるのならば、やはり家族風呂に一緒に入るべきだったと朔弥は悔やむ。

「今はそんなこと言ってる場合か。……今夜は透花に万が一のことがあっても、大事には至らない。だからひとりきりの風呂も俺は認めたんだ。もちろん、風呂の時間に透花がさらわれたのはそんな俺の落ち度だし、腹が立ってはいるがな」

「え……？　大事には至らないって、どういう意味だ？」

理解できていないようで首を傾げる千蔭に、朔弥は不敵に微笑んで見せた。

「今宵は新月。透花に封印された毒華姫の力がもっとも強まる夜だ。封印が解けかけている今、透花の身に危険があればあの毒婦は必ず目を覚ます」

色香と毒で数々の古代王朝を滅ぼした伝説のあやかしである毒華姫だが、彼女には彼女なりの悪の矜持《きょうじ》がある。

自分から男をたぶらかしはしても、絶対に男の意のままにはならない。

透花の体を依り代としている毒華姫は、伯耆ほどの小物の手にかかるなど我慢ならないはずである。

＊

「いつもなら、俺の元に来てもしばらく置いておいて、恐怖を味わわせてから俺のものにするんだけどなあ。君にはなぜかとてもそそられるねえ。……今すぐ、俺のものにしてやるよ」

壁際まで追い詰められ、震えることしかできない透花へと伯耆が手を伸ばしたその時。

——うっ……！　胸が……。

急に透花の胸が痛くなった。心臓がドクドクと大きく脈打ち、うまく呼吸ができず苦しい。

この感覚は初めてではなかった。ひと月ほど前に感じたばかりである。

毒華姫が封印から目覚め、透花の体を乗っ取る直前に覚えた胸の痛みと、まったく同じだったのだ。

「なんだい……？　ははっ、もしかして具合が悪くなったふりでもして逃げようってのかあ？　そういう小細工は意味がないからやめたほうがいいんじゃないか」

息を荒げる透花をせせら笑う伯耆が手を伸ばす。そしてその指先が、透花の肩に触れる寸前だった。

「っ!?」

透花が伯耆のその手を振り払ったのだ。驚愕したのか、伯耆からは短い息が漏れたようだった。

伯耆の手のひらを払いのけたのは、透花の意思ではない。いつの間にか胸の痛みは消えていた。

「汚い手であたしに触らないでくれるかしら？　この白蛇風情が」

普段の地声よりもやや高く甘い声が出たのは透花の口からだったが、透花が言おうとして放った言葉ではない。

——毒華姫……！

そう。毒華姫の封印が今一度解け、透花の体は彼女に乗っ取られてしまったのである。

透花の体の自由はすべて奪われているものの意識と五感だけは残っており、毒華姫の行動をその目から見られているのは以前と同じだった。

——そうだった……。今日は新月。やっぱりこの日だけは毒華姫の力が強まって、体が奪われてしまいやすいのね。

災厄のあやかしに体を奪われているわけだが、透花はあまり恐怖を感じず落ち着いていた。

だって毒華姫が現れてくれたおかげで、伯耆の毒牙にかからずに済んだのだ。彼女の存在を恐ろしく感じるどころか、安堵すら覚えていた。

また、朔弥が自分に口づけをすれば毒華姫を体内に封じられるとすでに知っていたことも大きいだろう。

「こ、この偉大な妖気は……！　まさか⁉」

伯耆は目を見開き、驚愕した様子で透花を見つめていた。

つい先ほど透花に向けていたいやらしい視線とはまったく異なっている。

あやかしには皆、他のあやかしの妖気を肌で感じ、それが強者なのか弱者なのか判別できる能力が備わっているらしい。

つまり伯耆は、毒華姫から放たれている伝説級の妖気にすぐに気づき、驚嘆しているのだろう。そして透花を恐れおののいたように見つめると、なんとその場で叩頭《こうとう》したのだった。

「ふうん……。あんた、あたしが誰だか気づいたみたいね？　三下のくせに勘がいいじゃない。褒めてあげるわ」

「やはりあなたさまは……！　最強で災厄のあやかし、毒華姫さまでございますね!?」

透花は自分の口角が上がったのを感じた。きっと気をよくした毒華姫が、にたりと微笑んでいるのだろう。

「ふふふっ。……あんた、私の依り代を辱めようとしたわね？　この子はあたしの大切な体なのよ。まったく、あたしが出てきたからよかったものの。間に合わなかったら殺しているところだったわよ」

「も、申し訳ありません……！　あなたさまの妖気が出ていなかったので気づかず……！　どうかお許しくださいっ」

額を地面にこすりつけ、謝罪する伯耆。人間に対し傲慢な態度を取っていたあやかしと同一とは思えないほど、情けない姿だ。

――あの伯耆が畏怖の念を抱くくらい、毒華姫は恐ろしいあやかしなんだ……。

改めて、自分の中にいる災厄の強大さを透花は思い知らされるのだった。

「ふん、まあいいわ。今回は特別見逃してあげる」

「あ、ありがたき幸せに存じます……！」

「あんたを殺すのにも少し力を使うしねえ。そうするとすぐに、この子の中に引っ込まなきゃならなくなっちゃうもの」

ため息交じりに毒華姫が告げると、伯耆は怪訝《けげん》な面持ちになった。

「あの……毒華姫さまは、人間の女の中に封印されたと聞き及んでおります。それとあなたさまのお言葉から考えますと、今は一時的に封印が解けている状態でしょうか？」

「あら、あんた話が早いわね。あんまり好みではないけれど、顔も悪くないし……。ふふ、気に入ったわ。そうねえ、完全に封印を解いてこの子の体を奪いたいんだけど、困ったことにまだそこまで力が戻っていないのよねえ」

「な、なるほど……。では私にあなたさまの封印を解くお手伝いをさせてくださいませんか」

　顔を上げた伯耆は、なにか悪だくみをするような気味の悪い笑みを浮かべていた。

「へえ……。まあ、今のあたしにはまったく味方がいないからねえ。あんたがあたしの下僕になるって言うんなら、喜んで使ってあげるけれど」

「崇高な毒華姫さまの手足となれるのなら、至上の喜びでございます。……その代わりといっては差し出がましいですが、もし封印が解けたあかつきには、私にあなた様の災厄の力をほんの少し分けていただければと……！」

　伯耆の瞳に薄気味悪い光が宿った。

　彼の欲深さを感じられ、透花は気分が悪くなる。

――それにしても。今の話からすると、伯耆は毒華姫の封印を解くためのなんらかの知識があるっていうこと……？

なにも当てがなければ、毒華姫にそんな話を持ちかけないはずである。

千年前に強力な力を持つ陰陽師がかけた封印は、絶対に解けないと伝承されている。

依り代としてたまたま力があった透花が成長し、鶴子が透花の感情を揺さぶったことで封印は解けかけたが、朔弥の力で完全に解けるのは防がれた。

現状では、誰かの手によって強制的に封印を解くことはできないのだろうと透花は考えていた。

ひょっとしたら、人間とは違って特殊な力を持つあやかしには、そういった能力が備わっている者もいるのかもしれない。

――だとしたら。ますます私はあやかしを避けなくてはならない……！　朔弥……助けて！

毒華姫の出現によって貞操が守られ安心を覚えていたが、違う危険が迫っていると気づき透花は恐怖を覚えたのだった。

「ふうん……。まあ、あんたがあたしの役に立ったあかつきには、少し力を上げるくらい別によくってよ？」

「ほ、本当ですか!?　では、ぜひあなたの封印を解くために、私の知り合いのあやかしの元に……」

「あたしもそうしたいところだけど。……ふふっ。残念ながら時間切れみたいねえ」

毒華姫が、この部屋の扉に視線を合わせた時だった。

「透花！」

扉が勢いよく開き、朔弥と千蔭がなだれ込むように入ってきたのだった。

――朔弥……来てくれた！　千蔭も！

朔弥に助けを求めた直後に彼が現れたので、透花の喜びはひとしおだった。毒華姫に体を奪われていなければ、嬉しさのあまり涙ぐんでいただろう。

「ふふふっ。また会えて嬉しいわ」

毒華姫はふたりに向かって笑う。

朔弥は口を真一文字に引き結び、千蔭は困惑したような面持ちになった。

毒華姫の言葉と微笑み方によって、今の透花の体が彼女のものになっているとふたりとも感づいたようだった。

「なんだ貴様らは。依り代の女の連れかあ？」

毒華姫が現れる前のように、自分以外のすべてを小馬鹿にするような面持ちで伯耆は口を開く。

「……現れやがったな、毒華姫」

　朔弥は伯耆の言葉には反応せず、ただ真っすぐに透花の方を見ていた。

「やっぱり今は毒華姫になってんのか……。透花はそんな嫌らしい笑い方はしないもんな」

　千蔭も抜刀し、警戒した様子で透花に視線を合わせている。

「き、貴様ら！　俺様を無視する――」

「つれないわねぇ、そんな嫌そうな顔をしないでちょうだい？　透花の美しくてしなやかな体はあたしのお気に入りなのよ。白蛇なんかに触らせたくなかったの。あたしに感謝してほしいところねぇ。あたしが現れなかったら、今頃透花はこの男のものになっていたんですもの」

　自分の存在をないがしろにする朔弥と千蔭に伯耆は気色ばんだが、今度は毒華姫にまでなおざりにされて、とうとう口をつぐんだ。

「……確かに透花が助かったのはあんたのおかげであるのは間違いないが。お前が表に出ていると透花の心身が衰弱する。もう用はないから戻れ」

　朔弥がつっけんどんに言い放つも、毒華姫は透花の顔に笑みを浮かべたままだ。

「本当につれない男ね。……まあ、そういった男を落とすのが醍醐味《だいごみ》なのだけど。あんたとそっちの男にならら、喜んで触らせてあげるわよ？　ふたりとも、透花を好いているのでしょう？　透花の体を好きにできる、これとない機会よ」

「ばっ、馬鹿にすんじゃねえ！　そんなんで透花を手に入れてもなんも意味がねえんだよっ。……そ、そもそも俺は別に透花をそういうふうには見てねえ！」

とんでもないことをのたまう毒華姫に透花は戦慄したが、千蔭が放った啖呵《たんか》に安心する。やっぱり千蔭は、透花をいつも優しく見守ってくれる兄なのだ。

「……千蔭。俺はお前のすべてが気に食わないが、今の言葉の前半には同意せざるを得ないな」

朔弥は表情を変えないままぼそりと呟いた後、毒華姫にゆっくりと歩み寄る。

「さあ早く引っ込んでもらおうか。その体は透花のものだ」

「せっかくまた会えたのにもうお別れ？　嫌だって言いたいところだけど……。今のあたしには拒否権はなさそうだものねえ」

毒華姫は近づく朔弥から逃げも隠れもせずに、仁王立ちしていた。すると、彼女の傍らに控えていた伯耆がうろたえる。

「ど、毒華姫さまになにをするつもりだっ。俺様は、このお方に協力して力を分けてもらうんだよっ！」

「ふん……。余計な手出しはしないでちょうだい。あんた、小うるさいからもう消えていいわよ？」

そんな伯耆に向かって、毒華姫が高飛車に言葉を放つ。予想外のことを言われたためか、伯耆は眉尻を下げて情けない面持ちになる。

「そ、そんな！」

「今のあたしの脆弱な力じゃ、この男――朔弥には抗えないもの。だから今はおとなしく封印されておくしかないのよ。あんたは……そうねえ、あんたがひとりきりで朔弥たちに勝てたら、次に会えた時にあたしの下僕にしてあげてもよくってよ。……まあ、あんたじゃ無理だろうけどねえ。くふふっ」

愉悦に浸っているのか、毒華姫は含み笑いをした。

毒華姫と伯耆は同じあやかし同士なのに、彼女は仲間とも考えていないようである。

しかし、毒華姫の言動には知性を感じられた。

いつも男を値踏みしているような発言をするが、その裏では今の自分の力を冷静に分析し、現状で敵わない相手には決して逆らわない。

虎視眈々《こしたんたん》と自分の力が戻る機会を狙っているような節には、毒華姫が最強で災厄のあやかしだと言わしめた由縁を感じ、透花は末恐ろしさを覚えた。

そして透花の眼前まで近づいた朔弥は、静かな瞳で見つめてきた。

「またあんたがあたしに接吻してくれるのよねえ……？　甘く恋人みたいな口づけを望むわ」

毒華姫のうっとりとした声に、透花は複雑な気持ちになる。

朔弥から口づけしてくれるのはやはり嬉しいし、今の透花にも五感はあるので朔弥の唇のぬくもりは感じられる。

しかし今、透花の体は毒華姫に支配されているため、朔弥が別の女性に接吻しているような気にもなってしまうのだ。

すると、朔弥は相変わらず真顔で口を開いた。

「……勘違いするな。俺が今から口づけをするのは、透花の体にだ。貴様のような女《め》狐《ぎつね》に対してではない」

「あら、その理屈はおかしいわよ。だって今、この子の体はあたしのものだもの」

「違う。哀れなお前に少しの間、貸してやっているだけだ。今この時も、透花の意識はちゃんと宿っているし、彼女はこの会話を聞いている。……いいか、もう一度言う。俺が口づけするのは、透花にだけだ」

透花の双眸を真っすぐに見つめて、朔弥は静かに断言した。

射貫くような強い視線は、毒華姫の奥に引っ込んでしまった透花に間違いなく直接語りかけてくれていた。

――朔弥……！

朔弥の言葉があまりに嬉しくて、透花は感極まった。

「ふふ、やっぱりおかしな言い分ねえ。このまま透花が成長すれば、あたしの力だって強くなる。それにあたしがこの子の中にいるとあやかしたちが知れば、伯耆《こいっ》のような私の封印を解こうとする者がたくさん現れるはず。透花の体があたしのものになるのも、もう時間の問題だけど？」

自分の体から放たれた甘ったるい声に、透花はまた不安を覚えてしまった。

――早くなにか手を打たないと。いつか私の体は、災厄のあやかしのものになってしまう……。

「そんなことは絶対にさせない。俺が必ず、お前を透花の中から追い出してやる」

またも、朔弥が透花の不安を打ち消してくれた。

――どうしていつも、朔弥は私の欲しい言葉をくれるの？

新月の下で、逢瀬を重ねていた時だってそうだった。孤独とやるせなさしか感じられない毎日の中、なんとか透花が生きられていたのは、月に一度の朔弥との触れ合いがあったから。

なぜ彼は自分なんかをここまで慈しんでくれるのだろう。どうして閉じ込められた自分を探し出し、逃がしてくれたのだろう。

「うふふ、果たしてそんなうまいことといくかしらね？　千年以上、誰もあたしを追い出せなかったっていうのに」

「俺は必ずやり遂げる。透花を守るために。透花との未来を切り開くために……！」

相変わらず間延びした声で毒華姫が煽るも、朔弥は意に介した様子もなく、今までよりも強い口調で言葉を放った。そして透花の顎にそっと手をかけ、少し上を向かせた。口づけをされると、透花は緊張する。

「……透花。好きだ」

そう呟き、朔弥は優しく微笑む。

その瞬間、ふたりを隔てる毒華姫の壁などいっさい感じられなくなった。朔弥は間違いなく、透花に直接語りかけてくれていたから。

朔弥はそのままゆっくりと透花の唇に自分のそれを重ねた。

するとその瞬間、透花の心臓がドクンと大きく脈打った。

前回は口づけした後もしばらくの間、毒華姫に意識を奪われていたが、今回は一瞬にして彼女は透花の体内に引っ込んだようだった。

そういえば朔弥が、接吻による妖力を吸い取る能力について、透花にこのように説明していた。

唇が触れた瞬間に朔弥の能力は発動するが、その時の朔弥と透花の調子や、毒華姫の力の具合によって、妖力を吸収する速さはまちまちだと。

また、前回の接吻後に透花は意識を失ってしまったが、透花の体力次第で毎回そうなるわけでもないという。

今回は朔弥の調子がよかったのか、はたまた毒華姫の力が弱かったのか、唇が触れ合った瞬間に毒華姫は力を失い封印されてしまったらしい。

災厄のあやかしから体を奪い返せた透花は、朔弥の唇の柔らかく、熱い感触を全身で感じた。

体の一部が少し触れ合っているだけなのに、どうしてここまで深い悦楽を覚えるのだろう。朔弥との口づけは、透花にいまだかつてない幸福をもたらした。

しばしの後、朔弥が唇を放した。永遠に続けばいいとすら思った幸せな時間が終わってしまった。

「透花……。大丈夫か？」

心配そうに朔弥が尋ねてきた。

朔弥の口づけは、毒華姫の妖力と共に透花の生命力も吸ってしまう。力が抜け、正直立っているのもやっとだった。

しかしその場に倒れるほどの衰弱ではなかった。先ほど大きな風呂に長く浸かり全身が癒やされたため、まだ体力が残っているのだろう。

「朔、弥……！」

透花はたどたどしい口調で名を呼び、彼に抱きついた。透花の心も体もすべてを守ってくれた朔弥に、そうしたくてたまらなかった。

朔弥はそんな透花の背中にそっと手を回し、柔らかな手つきで頭を撫でてくれたのだった。

そうして毒華姫が透花の中に再び封印された直後。

毒華姫に『小うるさい』と釘をさされてから素直におとなしくしていた伯耆が、すぐさま朔弥に攻撃をしかけてきた。

「俺様を討伐するだと？　ははは、半妖風情が粋がってんじゃねぇ！」

朔弥をなめきっている様子で挑発してくる伯耆だったが、朔弥が反撃を開始するとすぐに焦燥を露わにした。

透花の見た限り、朔弥と伯耆の戦闘能力の差は歴然だった。

朔弥の一太刀一太刀が伯耆には重いようで、まだギリギリ受け止められてはいるが、いちいち「うっ」「ぐっ！」と呻いている。

さらに千蔭も朔弥に加勢したため、すぐに伯耆は劣勢になってしまう。

「くそ……！　こうなったらっ」

追い詰められた伯耆は、朔弥と千蔭の隙をついて屋敷の外へと逃亡してしまった。

「取り逃したら面倒だ。追うぞ」

「わかってんよ！」

素早く伯耆の後を追おうとするふたり。

もちろん透花はふたりについていこうと考えたが、ただでさえ今はいつもより体力がないうえに、そもそも女の足では武芸達者なふたりの男の後なんて追えないとすぐに思い直す。

――ついていっても足手まといだし。ここに残っていた方がいいのかな。

しかしそんな透花に朔弥は近づくなり、透花の膝裏と背中に手を回して引き寄せ、素早く抱きかかえたのだ。そしてすぐに、伯耆を追って走り出した。

「えっ……。さ、朔弥？」

まるで少女小説のヒーローとヒロインのような体勢に透花はドギマギしてしまうも、朔弥は走りながら涼しい顔で言う。

「透花をあんな屋敷にひとりにはできない。これが一番早い」

「あ……は、はい」

確かにその通りである。しかしいきなり抱きかかえられた透花は、心臓の鼓動が収まらない。

「てめえ！　どさくさに紛れて透花を抱っこしやがって！　俺に代われ！」

なんて、並走する千蔭が文句を垂れるが、朔弥は半眼になるだけでなにも答えない。

透花を抱えて運ぶだけで不満を漏らす千蔭だったが、先ほどの接吻の際は黙って見守っていた。

あれは毒華姫を封印するためには必要不可欠な行為だったと、彼の中で線引きがあるのかもしれない。

追いかけるふたりから全力で逃げていた伯耆は、小さな洞窟の中へと入っていった。

彼に続いた一同だったが。

「この洞窟は……。中に鬼門がある」

朔弥が深刻な声で呟いた。

全国に百八つ存在し、あやかし界と人間界をつなぐ鬼門。そういえば、酒場で町人がこの町は鬼門の近くにあると話していた。

「そうか！　伯耆のやつ、このまま鬼門を通ってあやかし界に逃げる気だな！」

ハッとした面持ちになり、千蔭が言う。

あやかし界はあやかしが住まう世界。当然だが、透花たちにとって危険な場所であることはまず間違いないし、伯耆に加勢するあやかしも現れるかもしれない。

伯耆に逃げ込まれてしまえば、確実に面倒な状況になる。

「だろうな。だがそうはさせない」

朔弥は立ち止まり、素早く透花を下ろす。そして刀を鞘《さや》から引き抜くと、伯耆に向かって一直線に投げた。

「ぐあ……！」

刀は見事に伯耆の膝裏に刺さり、彼はその場に倒れ込む。

もともと、朔弥と千蔭のふたりから攻撃を受けた伯耆は至るところに怪我をしていた。さらに刀による攻撃を受け、もう身動きを取るのも厳しいようだった。

地面に這いつくばっている伯耆に、朔弥はやおら近づく。その後を、千蔭と共に恐る恐る続く透花。

顔面蒼白となった伯耆は、朔弥を見上げている。

「お、俺を殺すのか……!?」

「そうだ。……本来討伐とは、生け捕りにして奉行所に送るか、その場で切り捨てるかのどちらかだが。お前のような下衆はここで殺してやる」

冷酷にそう告げると、朔弥は伯耆の膝から無造作に刀を引き抜く。刀が刺さっていた箇所から血が噴き出し、伯耆は呻いた。

無慈悲な朔弥の様子に、透花は背筋をゾッとさせた。

――確かに、伯耆を倒しに私たちはここまで来たけれど。朔弥、なんだか伯耆に対して任務以上の憎しみを抱いているような気がする……。

透花が彼にさらわれたからだろうか？

すると伯耆は震えながら口を開く。

「ま、待ってくれ！　人間の女と財産を差し出されるのと引き換えに、俺が他のあやかしからこの町を守っていたのは事実だっ。俺の支配下にあったから、この町の者は命の危機を感じずに暮らせていたんだ！　俺を倒してしまえば、この鬼門からやってくる他のあやかしが人間を襲うっ。町人はかえって危険にさらされるんだぞ！　それでもいいのか!?」

伯耆が苦し紛れに放った言葉だったが、確かにその言い分は正しい。

「そうなんだよなあ……。町の奴も、余計なことはするなって俺たちに釘を刺してきたし……」

千蔭も困った顔をしてぼやいている。

——そうね……。伯耆を倒してしまったら、町の人が平和に暮らせなくなってしまう。でも、伯耆をこのまま野放しにしておくのもおかしいし……。

そんなふうに悩む透花だったが。

「……町の奴が危険にさらされる？　構わん、知ったことか」

朔弥は俯き、低い声でそう言い放った。

透花に放たれた言葉ではないのにもかかわらず、思わず背筋がぞくりとするほどの殺気が感じられた。

「ここの者たちは自分たちが助かるためだけに外の女を騙し、犠牲にしていた。そんな身勝手な奴らなど守る価値はない。……俺の大切な透花を物のように扱った人間など、貴様と共に切り捨てたいくらいだ」

伯耆に尖鋭な視線を向ける朔弥。その双眸は、普段よりも赤く染まっているように見えた。

――朔弥。とても怒っている……。

透花をさらった伯耆にも、それを手助けした町の者にも激しい怒りを覚えているらしい。

千蔭は口を真一文字に引き結んでいた。朔弥の言葉を聞き、一理あると納得したのかもしれない。

「そ、そんな……！　待ってくれっ。た、頼む……！」

カタカタと小刻みに震えながら命乞いをする伯耆だったが、朔弥は眉ひとつ動かさず、刀を振り上げた。

そしてその刀が伯耆の首へと下ろされようとした、その時。

「ダメよ！」

透花は叫んでしまった。

朔弥はぴくりと身を震わせ、動作を止める。そしてゆっくりと透花の方に顔を向けた。彼の赤い瞳には、戸惑いの色が浮かんでいる。

「……透花。なぜ止める」

静かに朔弥が言葉を吐く。心底解せないという心情が伝わってくる。

千蔭も驚いたような面持ちで透花を見つめていた。

「確かに朔弥の言う通り、この町の人たちはそんなにいい人ではないかもしれない……。身代わりにされて伯耆に慰み者にされてしまった外の女性の気持ちを想像すると、私だって許せない気持ちになる」

伯耆に手をかけられそうになった時は、透花だって恐ろしかった。

自分は運よく助かったが、これまで犠牲になった女たちは伯耆に体を弄ばれ、絶望に苛まれただろう。

「……だけど。この町の人たちだって、本当はそんなことしたくなかったはず。伯耆が……あやかしが恐ろしくて、せめて自分の身内だけでも守ろうとした結果の、断腸の思いだったはず。人間にとってあやかしは、どうしたって怖い存在なの。この町の人が生きるためには、そうするしかなかったんだって私は考えてしまうの……」

自分を見つめる朔弥と千蔭に、透花は真剣な声でそう主張した。

──だって私は知っている。あやかしを恐ろしいと感じる人たちの瞳を。

西園寺家の者たちに、自分はずっとそんな目で見られていたから。脆弱な人間では決して抗えない圧倒的な力を前にして、情けなく光る人間たちの双眸を。

自分が初めてあやかしに襲われたことで、透花は西園寺家の者たちの心情を少しだけわかった気がしたのだ。

　――あの恐怖から逃れるためなら。なりふり構わないという気持ちになるのも頷ける……。

　だからといって、わが身かわいさに他者を犠牲にする気までは透花には起きないが、ある程度は理解できた。

　透花の言葉を聞いた朔弥は、しばらくの間無言だった。しかし諦めたような面持ちをした後、口を開いた。

「どうしてだ。……どうして透花は、自分が裏切られたというのに他者を思いやれる？　なぜそんな慈愛の心を持てるんだ」

　理解できなかったようで、朔弥は覇気のない声で言葉を紡ぐ。

　透花は首を横に振った。

「思いやれているわけじゃないの。私だって身代わりにされたのは納得いかないし怒りを覚えている。でも、そうしてしまった気持ちも少しだけ理解できるの。もし、朔弥や千蔭があやかしの犠牲になるというなら、私だって全然知らない人をあやかしに差し出してしまうかもしれない……」

　町人に対する微妙な感情を透花が口にすると、朔弥は深く嘆息した。そして刀を鞘へとしまったのだった。

「わかった。透花の訴えに免じて、ここでとどめを刺すのはやめよう。……命拾いしたな、伯耆。だが異種共存宣言に違反した者として、あやかし界の奉行所に送る。そこで正当な裁きを受けろ」

朔弥は、相変わらず鋭い目つきで伯耆を見据えながら冷淡な声で言い放った。そして持っていた縄で、伯耆を後ろ手に縛る。

ここで生涯を終える危機は回避したものの、奉行所送りとなった伯耆はうなだれていた。

「朔弥……！　ありがとう」

透花は涙ぐみながら朔弥に礼を述べる。自分の気持ちを汲み、朔弥が思いとどまってくれたことが心から嬉しかった。

するとと朔弥はバツが悪そうな面持ちになり、頬をかいた。

「いや……こちらこそ礼を言いたいくらいだ。透花を危険な目に遭わせた町の者も、伯耆も、全部滅びればいいと俺は逆上してやけになっていたんだ。……町にはなにも知らない子供や、善良な者もきっといるというのに。透花が俺を冷静にしてくれた」

その言葉は、今の朔弥の正直な気持ちに感じた。彼が本心を吐露してくれて、透花はさらなる喜びを覚える。

――朔弥はただ私を助けてくれるだけじゃない。私を理解して、その心を大事にしてくれる。どうしよう、こんなの……。

ますます朔弥に好意を抱いてしまうではないか。

まだ、朔弥がなぜ透花を救い出し、愛情を抱いてくれたのかは不明だというのに。

ひょっとしたら、透花に封じられた災厄の力欲しさに利用しようとしているのかもしれないのに。

「まあ、こいつを捕まえるのはいいけどよー。その後はどうすんだよ。結局、ここの鬼門からあやかしがやってきて町の奴らを襲うんじゃねえの？」

ちらりと鬼門の方に視線を送りながら、千蔭が困ったような顔をして尋ねる。

「そうだな。かといって伯耆を今までのように野放しにするわけにはいかないし……」

朔弥も眉間に皺を寄せ、難しい表情をしていた。

――確かにふたりの言う通りね。伯耆がいれば町の人たちの命の安全は保障されるとはいえ、それが犠牲の上に成り立っているのはやっぱりよくないし……。伯耆を町から追い出したうえで、町を守る方法を考えなければならない。

透花はぽっかりと開いた鬼門の奥を覗いてみる。

暗闇に包まれていてなにも見えないが、どこまで続いているかわからないその闇は不気味極まりなかった。

――この暗黒の先が、魑魅魍魎《ちみもうりょう》の住まうあやかし界に続いている穴か。

「鬼門をふさぐのはやっぱり無理なの？」

この穴を閉じてしまえばあやかしは人間界に来られなくなると、単純に透花は考えた。

しかしそれができるなら人間たちはとっくにやっているはず。浅はかな思いつきだとわかったうえで出た言葉だった。

「透花、そんなことはできないって話だぜ。物理的にふさいだ人間はたくさんいたが、すぐにあやかしが妖術を使ってこじ開けちまうんだとよ」

千蔭が優しく教えてくれた。

「やっぱりそうなのね……」

「ああ。うーん……透花の中に災厄のあやかしを封印しているような、なにか特別な力でふさいじまえばいいんだろうが……。現代の人間にそんな能力がある奴はいねぇしな」

ため息交じりの千蔭の声だった。

やはり人間なら誰しも一度は考えることなのだろうと、透花ががっかりしていると。

「……実は、俺にもっと力があれば鬼門を封印できるんだ」

神妙な声で告げられた朔弥の言葉に、透花は虚を衝かれる。

「え……!?　朔弥には、鬼門を封じる能力があるの？」

「お前にそんな力があるのか!?」

千蔭も驚いた様子だった。

ふたりに向かって朔弥はこくりと頷くと、次のように説明した。

あやかし界と人間界をつなぐ鬼門を封じるには、あやかしと人間双方の生命力が必要である。

どんなに力のある者でも行き来を不可能とする封印を鬼門に施すためには、あやかしひとりと人間ひとりの命、つまりふたりを生贄にしなければ不可能とされていた。

しかし半妖にはあやかし、人間、両方の生命力が備わっている。ただ、人間の血が半分混ざるゆえ、特殊な能力を持つ者は皆無に等しい。

ところが朔弥の父は、あやかし界を統治し『最強』のふたつ名をほしいままにする酒呑童子である。半分人間の血が混じってはいるものの、最強の血脈を受け継いだ朔弥は並みのあやかしなら相手にならないくらいの力量があった。

朔弥はこの世で唯一の、鬼門を封印する能力を保有する者なのだ。

「お前……! 軍神って呼ばれているとは知ってたけどよ、そんなすげーことができる奴だったのかよ!」

朔弥の力を知り、千蔭は興奮した様子だ。

朔弥と言い争うこともあるが、さっぱりとした性格の彼はあまり根に持っていないようである。

そんな千蔭の明るい性格を、透花は大変好ましく思っている。

だが、朔弥は憮然とした面持ちで口を開く。

「だから、『俺にもっと力があれば』とさっき言っただろう。……残念ながら力が足りないんだ」

口惜しそうにぼやいた後、朔弥はこう続けた。

以前に父に命じられて鬼門の封印を試みたが、妖力が足りずうまくできなかった。もっと力をつければ可能だが、血のにじむような鍛錬を何年も行わないと、その域には達しないだろうと。

「軍神で、酒呑童子の息子であるお前でも難しいのかあ……。やっぱ鬼門を封印するっつーのは大変なんだなあ」

落胆した様子の千蔭の傍らで、透花はある可能性を思いついていた。

——朔弥には鬼門を封じる能力があるけれど、以前に試した時は単純に力が足りなくてできなかった。それなら、ひょっとすると……！

「ねえ朔弥！　今の朔弥ならもしかしたらできるのでは？」

「今の俺なら……？」

透花の言わんとしていることが理解できないらしく、朔弥は首を傾げた。

「朔弥は今、私から毒華姫の力を吸ったばかりで妖力が高まった状態なんでしょう？　だから、鬼門を封印するほどの力が備わっているかもしれないって思ったの」

朔弥はハッとしたような面持ちになった。千蔭も「な、なるほど……確かに！」と明るい声を上げる。

透花に向かってゆっくりと頷いた朔弥は、鬼門の方へと近づく。そして闇深い穴に向かって両手を開くと、なにか呪文のような言葉を呟き始めた。

日本語ではないようで、透花にはまったく聞き取れない。あやかし独自の言葉や、古代言語だろうか。

朔弥の呪文の詠唱が終わった直後だった。

「！」

真っ暗だった鬼門が突如まばゆい光に包まれ、反射的に透花は目を閉じる。瞼ごしにも閃光が伝わってくるほどの、強烈な明るさだった。

そして数十秒後、そろそろ光が収まったかと透花は恐る恐る目を開けた。

すると、そこには。

「あ……！　このしめ縄はさっきはなかったわね？」

穴には紙垂《しで》のついたしめ縄が張られていた。わかりやすく立ち入り禁止を示しているような縄の張られ方だった。

「それは鬼門が封印された証だ。透花の言葉を聞いて試しに封印の術を施してみたのだが……まさか、成功するとは」

朔弥自身信じられなかったようで、自分の手のひらを目を見開いて見つめていた。

「やったわ朔弥！　これでこの町の人たちはもうあやかしに怯えずに済むのね！　すごい……！」

心から嬉しくて、透花は弾んだ声を上げる。喜びのあまり朔弥に抱きつきたい衝動に駆られたが、はしたない気がしてこらえた。

すると朔弥が口元で小さく笑い、透花に近寄って頭を撫でてきた。

「透花、君の助言のおかげだ」

「え……わ、私はそんな……」

艶っぽい瞳で至近距離から見つめられ、透花はたじたじとなってしまうも。

「君が今ならできるかもしれないと言ってくれなければ、俺は気づかなかったからな。ありがとう」

「あ……はい」

相変わらず柔らかい手つきで朔弥が髪に触れてくるので頭がうまく回らなくなった透花は、思わず素直に返事をする。しかし。

視線を背中に感じた気がして、透花は慌てて朔弥から離れた。

千蔭は不満そうな顔をして朔弥を睨んでいる。朔弥も朔弥で、先ほどの優しい眼差しはいずこかへ消え、殺気を込めた双眸を千蔭に向けていた。

やはり透花の兄のような立場として、千蔭はまだ朔弥が気に食わないのだろか。

「こ、これでこの鬼門は通れなくなったのよね？　もし通ろうとしたらどうなるの？」

険悪な雰囲気をなんとかしたくて、透花は上ずった声で朔弥に尋ねる。

すると朔弥は、縛られた伯耆の方へと無言で近づいた。

ふたりに攻撃されたうえに奉行所送りとなり縛り上げられた伯耆は意気消沈したのか、先ほどから俯いて黙りこくっている。

そんな伯耆の首根っこをむんずと掴むと、朔弥は無造作に彼を引きずる。

「え……。ちょ、ちょっと朔弥？」

「お、おい！　お前、俺様になにする気だ!?　お、おいやめろっ」

戸惑う透花の声が、怯えて喚く伯耆の声にかき消される。

伯耆を鬼門の前まで運んだ朔弥は、なんとそのまま伯耆を鬼門の方へと放り投げた。

すると、驚くべき現象が起こった。

伯耆の体がしめ縄に触れた瞬間、バチッと放電するような音が発生した。

そしてその直後、伯耆の体はなんらかの力によって吹っ飛ばされ、洞窟の壁に激突し、地面に叩きつけられたのだ。

しめ縄に触った時、壁に当たった時、地面に落下した時、それぞれの瞬間で伯耆は悲鳴を上げていた。

「くっ……！　お、お前、俺様になんてことしやがるっ……！　いつか必ず復讐《ふくしゅう》してやるからなあ！」

恨みがましい目で朔弥を睨む伯耆。わかってはいたが、発言の内容から彼は全然反省していないようである。

「あ？　どの口がほざいてやがる。お前なんて本来はここで殺してもいいんだ。命があるだけありがたく思え」

そんな伯耆に向かって、氷点下のように冷たい声で残忍なことを朔弥が告げる。伯耆は恐れおののいたのか、身震いした後、口をつぐんだ。

一連の流れに千蔭は目を瞬かせている。

透花も透花で、呆気《あっけ》に取られていた。

――わ、私の発言のせいで、伯耆が〝鬼門を通ろうとしたらどうなるのか〟の見本にされちゃった……。

彼に対して少し申し訳ない気持ちが生まれる。

だが、いまだに悪態をつくところを見ると、もうちょっと罰を与えた方がいいような気もした。

でもそれは、あやかし界の奉行所の者に任せるとしよう。

「……こういうわけだ。封印された鬼門を無理やり通ろうとすると、強制的にはじき出される。気をつけろよ」

平然とした口調で朔弥が告げる。

伯耆を生かす道を選択してくれた彼だが、あまり怒りは収まっていないのだろう。

「お、おう……」

「わ、わかったわ……」

千蔭と共に、透花は呆然とした面持ちで朔弥になんとか言葉を返したのだった。

その後、伯耆の身柄は朔弥の人間の部下に引き渡された。日本の警察を通し、あやかし界の奉行所に送られる予定だ。

第六章　歪なふたり

宿場町近くの鬼門を封印し、伯耆を朔弥の配下の者に引き渡した後。

朔弥と千蔭は伯耆との戦いのせいで疲労困憊《こんぱい》だったし、透花も透花で朔弥に生命力を吸われて少々衰弱していたので、数日間、宿で休養した。

その間に、軍から宿場町にこんな通達があった。

伯耆は討伐され、この町近くの鬼門は封印されたと。

町の者たちは皆、諸手を上げて喜んでいる様子だった。大通りや酒場で見る者たちは、皆『これでもう伯耆にもあやかしにも怯えずに済むな！』と興奮した面持ちで話していた。

また、中には『誰がそんな偉業を成し遂げてくれたんだ？』『そうだよなあ、救世主にお礼を伝えたい』と会話している者もいた。

しかし朔弥は自ら名乗り出る気はないようで、そんな話をしている者を見かけても素知らぬ顔で通り過ぎるのだった。

『声を上げれば、紅眼の軍神による行いだと自然と広まってしまう。半妖はあやかし同様、人間に恐れられている。あやかしの支配からやっと解放された町の者たちに、わざわざ俺たちだと伝えなくてもいい』

透花にだけ、名乗り出ない事情を朔弥は淡々とした声で説明してくれていた。

確かに、喜んでいる町の者に、その平和をもたらしてくれたのが半妖だと伝えれば、きっと新たな不安を覚えてしまうだろう。

——朔弥は危険な人ではないし、私は皆に称えられてほしいのに……。

透花はもの悲しい気持ちになったが、こればかりは仕方がない。

体力を回復させた三人はこの宿場町を発つ運びとなった。

「ちょっとまだモヤッとするけどよ、とりあえず一件落着だな！」

三人で宿の建物を出ようとした時、上に向かって伸びをしながら千蔭が言った。

確かに、透花もこの町の者たちについてはまだ思うことがある。

まず、伯耆に捧げられた女たちだが、彼の屋敷にいた女は皆、救出された。しかし
これまで伯耆に献上された女の数と人数が合わないという。

『いつもなら、遊び飽きた女は捨てて他のあやかしにあげちゃうんだけど』

伯耆のこんな言葉を透花は思い出した。

好色な伯耆は積極的に女を殺めはしなかったようだが、他のあやかしはそうではない。人間を虫けら同然と考えている者だって珍しくないし、人肉を好んで食すあやかしだっている。

——きっと助けられなかった女の人たちは、もう……。

想像し、暗澹たる気持ちになる。

するとそんな透花の肩を、朔弥がポンと優しく叩いた。

「……俺たちが気にすることじゃない。俺たちは、可能な限りの最善を尽くした。それでいいじゃないか」

なにも言葉にしていないのに、朔弥は透花の心情を察してくれたらしい。いつものように落ち着いた表情だったが、どこか優しい声だった。

「……ありがとう、朔弥」

素直に嬉しくなった透花は、顔を綻ばせる。すると。

「あ、あの……。私……」

女性のたどたどしい声で、透花は話しかけられた。

「あなたは……」

この宿で仲居として働いている女性だった。透花に睡眠薬を盛り、自身の身代わりとして伯耆へと献上した松子だ。

そういえば、この宿で仕事をしているはずなのに、伯耆を討伐した後に松子の姿を見かけていなかった。透花と顔を合わせるのが恐ろしくて、隠れていたのだろうか。

「私、あなたたちに……あの……」

話がしたいようだが、緊張しているのか震えた声で紡がれる言葉は要領を得ない。

後から聞いた話だが、透花が伯耆にさらわれた時、朔弥と千蔭は松子の口を割らせたらしい。

自分のしでかしたことを知っている長身の男ふたりに囲まれているのだから、松子が怯えるのも無理はないだろう。現に朔弥は忌々しそうに松子を睨んでいたし、千蔭が彼女を見る目も不審げだ。松子が恫喝《どうかつ》されてもおかしくない状況である。

しかし朔弥は、ふうと息を吐くと透花にこう告げた。

「……透花。俺たちは先に出ている。その女と話が終わったら出てきてくれ」

松子を責めても意味がないと朔弥もわかっているようだった。揉《も》め事に発展しなくて、透花は安堵した。

「あ……わかったわ、朔弥」

そう返事をすると、朔弥は千蔭の肩を指でつつく。そしてふたりで先に宿の扉をくぐっていった。すると。

「わ、私……。申し訳ありません！　本当に、申し訳ありませんでした……！　私、怖くて、気が動転して……！　なんとかして伯者から逃げたい一心であなたを見つけて、それで……！」

透花に向かって土下座をする松子は涙声で謝罪の言葉を口にした。

透花がなにも答えられずにいると、松子はさらにこう続ける。

「私、どんな裁きでも受けます……！　あなたの気の済むようにしてくださいましっ」

「え……」

裁き、という言葉に透花は困惑した。

確かに、松子は薬物混入や誘拐などの罪を犯した。だが彼女を罰するという考えがそもそも透花の頭にはなかったのだった。

もともと、人間たちはあやかしに日々怯えながらどうにか生きている。それを条件付きだが助けてくれていたのが伯耆であり、松子を始めとする町の者は生き延びるために他者を犠牲にしていたのだ。

正当防衛、と考えれば罪に当たらないような気もする。

被害に遭いそうだった透花からしてみれば、それで松子が無罪放免となるのもなんだか腑に落ちない。しかしやはり、あえて裁きを受けさせる気にはならなかった。

悪いのは、人間を襲う本能のあるあやかしたちなのか、人間の弱みに付け込んでいた伯耆なのか、自分だけを守る人間なのか。

透花にはもう、よくわからなかった。

だが、ひとつだけ確信したことがある。

「……婚約者の彼とは、お話ししたのですか？」

尋ねると、話題が一気に変わったためか松子は怪訝そうな面持ちになった後、こう答えた。

「は、はい……。私の無事を知って喜んでくれました。ですが、あなたを身代わりにしたと打ち明けたら、相応の罪を償わなければならないと私を諭してくれて……」

「そうでしたか……。とても真っすぐで素敵な男性ですね」

そう告げると、自然と笑みがこぼれた。

松子も相手の男性も、透花をあの時身代わりとしたことに、きっと一生懺悔《ざんげ》の気持ちを抱き続けるだろう。

だって、このまま隠れていれば素知らぬ顔をしてのうのうと生きていられたのに、松子は宿を出ようとした透花にわざわざ声をかけてきたのだから。

もうそれでこの件は十分な気がした。

透花の微笑みを目にして困惑したような面持ちになっている彼女に、透花はさらにこう告げた。

「彼とお幸せになってくださいね」

今度は面食らったような顔をする松子。透花は彼女からの言葉を待たずに、宿の扉をくぐった。


――朔弥と千蔭は、宿の敷地の外かな。

宿の建物から出たが、ふたりの姿が見えない。きっとすでに門を出て、大通りで待っているのだろう。

松子と話をしたためか、どこかすがすがしさを感じながら透花が宿の門へと向かう。するると。


「こんにちは。ご機嫌なようですね」

透明感のある美しい男性のその声には、聞き覚えがあった。透花は思わず立ち止まる。

「あ、あなたは！　先日は帯留めをありがとうございました……！」

大通りで帯留めをサービスしてくれた、ガラス細工屋の主人だった。透花はぺこりと頭を下げる。

もらった帯留めは、今も透花の帯に付いている。光に反射するたびにガラスがきらめく様に、いつも心が洗われている。

――なんだかずっと見ていたい気がするほど綺麗なのよね。

改めて今見た帯留めは、相変わらず美しい色合いだった。

「今日はそんな話をしに来たんじゃないんですよ」

「え……？」

店主はどこか妖しく微笑んだ。この前会った時は、終始柔和で毒気のない笑みを浮かべていたのに。

不穏な気配を感じた透花は一歩後ずさった。

しかし店主はそんな透花に詰め寄る。

「伯耆は人間には脅威ですが、あやかしからしてみれば大した奴ではありません。紅眼の軍神の手にかかればたやすいとはわかっていましたよ。しかし、まさか鬼門まで閉じてしまうとはね」

すらすらと話す店主の言葉の内容に、透花は驚愕する。

彼は朔弥の正体の他、伯耆の力の程度や、朔弥が鬼門を閉じたことまで知っている。それも、推測ではなく確信している様子だった。

「あなた……どうしてそれを？」

ガラス細工屋の主人としか思っていなかった男性の存在を急に不気味に感じた透花は恐る恐る尋ねる。しかし。

「どうやって鬼門を閉じたのです？　軍神は類まれなる妖力の持ち主ですが、鬼門を閉じられるほどの力はないはずです」

透花の問いには答えず、彼はさらに質問を重ねてきた。それも、透花に迫るように顔を近づけてきたうえで。

さらなる圧を感じた透花はまた一歩引くも、彼はやはりそれを許さず大股で近づいてくる。

「……知りません」

迷った末に、透花はそう答えた。

言えない、と回答しそうになったが、すんでのところで踏みとどまった。

すると店主は宝石のように輝く金色の瞳で透花をじっと見つめた後、「ふっ」と小さく息を漏らした。

「ふふ、そんなに怖がらないでください。でも、あなたのそんな顔も素敵だ」

「え……」

「ああ、なぜかあなたをひと目見た時からずっと頭から離れない。……あなたからは、なにか特別な気配を感じる」

店主の双眸が妖しく、妖艶にきらめいた。

恐ろしさを覚えるのに、なぜか目が逸らせない。透花は全身を硬直させ、彼を見つめ返すことしかできなかった。

「あなたは軍神のものなのか？　それとも連れの人間のものか？」

「わ、私はっ……」

——朔弥しか見ていない。

そう答えたかったのに、震えて口が回らない。

すると店主は笑みをさらに深くした。目を見張るほど美しいが、背筋がぞくりとするほどの不気味さが内包された、恍惚とした微笑みだった。

「まあ、どうだっていいか。いつか無理やり私のものにしてしまえば」

言葉と同時に、店主は透花の両頬に両手を添えて顔を近づけてきた。体温が感じられないほど冷たい指先だった。

「……っ！」

戦慄した透花はありったけの力を使って店主の手を振り払う。

すると、気がついた時には彼は忽然と姿を消していた。

——い、いない。いったいいつの間に……！　どこへ消えたの⁉　そもそもあの人は何者……？

いや、おそらく彼は人ではない。あの言動と気配から考えると、人ならざる者——あやかしに違いない。

——朔弥の正体も、力も、鬼門を閉じたことも知っていたのには驚いたけど……。私を狙っている……？

『いつか無理やり私のものにしてしまえば』

その言葉と、彼の妖しい瞳を思い出し、透花は改めて震え上がった。

訳がわからないまま、とにかくこの場から早く逃れたくなって、透花は駆け足で宿の門から大通りへ出る。すると。

「……遅かったな、透花」

「あの女が謝ってきたんだろ？　透花は優しいから許したんだろうな〜」

門のすぐ外には、朔弥と千蔭が佇んでいた。なかなか外に出てこなかった透花を気にしていた様子で、ふたりとも優しく声をかけてくれる。

彼らの姿に、透花の中の恐怖がみるみる萎んでいく。代わりに湧き出てきたのは、涙が出そうになるくらいの安心感だった。

「朔弥、千蔭。遅くなってごめんなさい」

「別に謝る必要はない。……それよりどうした？　顔色が少し悪いようだが」

「本当だな……。なにかあったのか!?」

妖しい店主と会話した恐怖がまだ顔に残っていたのだろうか。ふたりは心配そうな面持ちで、透花の顔を覗き込む。

――ふたりに、正体不明のあやかしに声をかけられたって説明した方がいいわよね。

そう思い口を開きかけた透花だったが、例の帯留めが目に入ると、なぜか口を閉ざしてしまった。

――きっともう会うこともないだろうし。ふたりに余計な心配をかけるかな。

自然とそんな考えが生まれた。なぜあんなにあの店主を怖がってしまったのだろうと不思議にすら思った。

帯留めを見ていると、どうしてなのかあの店主に対する警戒心が薄れていく。

「ううん、なにもないの」

微笑んだ透花がそう告げたら、ふたりとも安心したようで頬を緩ませた。

その後、三人で並んで歩いている時、なんとなく透花は帯留めに触れてみた。

触った瞬間に不穏な気配を感じた気がしたので外そうとしたが、がっちりと帯を噛んでいて外れない。

そして、そのうち外そうと考えていたら、また帯留めがただの綺麗なガラス細工に見え始め、やはりこのままつけていようと透花は思い直したのだった。

＊

——なぜ、こうも人間の女なんかに惹かれるのか。

顕仁《あきひと》は、人間界の宿場町で透花という人間の女をからかった後、久しぶりに故郷——あやかし界へと戻ろうとしていた。

いつも使っていた宿場町近くの鬼門が軍神によってふさがれてしまったので、ここから三十里ほど離れた鬼門まで移動しなければならなかった。

少々面倒だったが、大変というわけではない。

大天狗である顕仁は、背に翼を生やして飛び立つことが可能だ。飛行による移動なら、三十里程度は二時間もかからない。

開いている鬼門がある山中に到着すると、誰かが会話をする声が聞こえてきた。

——おかしいな。鬼門に人間は近づかないはずなのに。

興味を抱いた顕仁は、声のした方に寄ってみた。すると。

「貴様ら、俺を誰だと思っていやがるっ。人間ごときが俺を奉行所に送るなどっ！」

腕を妖力封じの縄で縛られた伯耆が、人間の軍人たちに連行されていた。

——ああ。無様に軍神に捕まったから、これからあやかし界の奉行所に引き渡されるのか。

あの宿場町を支配していた伯耆とは、顕仁は関わっていない。

不老不死の体を持ち、天狗の中では神と崇められている大天狗の顕仁にとって、伯耆なんて地面を這う蟻《あり》程度の存在でしかなかった。

そんな顕仁が人間界にいた理由は、ある捜しものを見つけるため。そう、千年以上前に失くしたものを。

ガラス細工屋を営んでいたのは、単なる暇つぶしだ。

人間はあやかしにはない繊細さや独特の感性を持っていて、彼らの日常を観察してみると楽しかった。

——特にあの娘……透花は。なぜか私の心を掴んで離さない。

ひと目見た瞬間からだった。穢れをまったく知らないような透き通った瞳と可憐な微笑みは、清純無垢《むく》そのもの。初めて人間を美しいと思えた。

先ほどの怯えた顔も乙なものだった。

もっといろいろな表情を見てみたい。彼女を手玉に取り、元通りにならないほどめちゃくちゃにしてしまったら、いったいどんな顔を見せてくれるのだろう。

想像するたびに、顕仁は背筋がぞくぞくするほど高揚した。

——だけど、人間は壊したら元に戻らないからなあ。それが難点だよな。

そんなことを考えていると、「あ！　顕仁……さま！」と名を呼ばれた。

透花の苦痛に歪む顔を思い浮かべて愉悦に浸っていたら、伯耆に気取られてしまったらしい。天狗の上位存在で滅多にいない大天狗の顕仁の顔は、多くのあやかしに割れているのだった。

彼は驚愕したようにこちらを見ていた。

——別に気配を消してもいなかったから、気づかれて当然かあ。

顕仁が伯耆の方へ近づくと、彼を引きずっていた軍人たちは「あ、あやかしかっ……!?」「まずい！　伯耆が付き従っているのなら相当強いぞ！」と恐怖した様子で口々に言っていた。

人間は伯耆を縛っている縄の端こそ放さなかったが、顕仁からできるだけ遠ざかろうと後ずさっている。

もちろんそんな脆弱な人間共にはまったく興味のない顕仁は、無造作に伯耆の傍らに立った。

「顕仁さま！　お願いだっ。俺を助けてくれ……！　あんたなら簡単だろう!?　なあ、頼む！」

必死に懇願する伯耆。

――なんだ、そんなことか。つまらない。

伯耆が禁固刑を食らおうが生きようが死のうが、顕仁にとってはどうでもいい。今日のティータイムにどんな菓子を添えようかと考える方が重要なほどには取るに足らない。

だから顕仁は鼻で笑った後、こう告げた。

「君を助けたとして、私になんの得があるんだい？」

「っ……！」

顕仁の回答に、伯耆は絶句したようだった。

きっと、同じあやかし同士なのだから助けてくれるに違いないと都合よく考えていたのだろう。

千年前に、天狗から大天狗へと昇格した顕仁は、ただのあやかしではない。天狗以外にも、大天狗を神と崇めているあやかしも多い。人間やあやかしが、肌に止まった蚊を神は下々の者の命などいちいち気にしない。

その手で叩きつぶすように。

顕仁は、伯耆に背を向けその場を立ち去ろうとした。たぶん、数分後には伯耆の存在など忘失しているだろう。しかし。

「ま、待ってくれっ。俺は見つけたんだ！　災厄のあやかしをっ。毒華姫を！」

伯耆のその言葉に、顕仁は足を止めざるを得なかった。

「毒華姫が封印されている人間の女を見つけたんだっ！　彼女の力さえ手に入れれば、顕仁さまはさらに偉大なあやかしになれるはず！」

振り返った顕仁に向かって、伯耆がそう捲《まく》し立てる。

――毒華姫が封印されている人間の女。まさか……。

「その人間の女だが。緑がかった黒髪で、美人だが童顔の女だったかい？」

顕仁は静かに尋ねた。

千年以上前に毒華姫が陰陽師によって人間の女性に封じられた件は、あやかしの中では常識である。

そして顕仁の長きにわたる捜しものは、毒華姫だった。

「顕仁さまもあの女に気づいていたのか！　では俺と手を組んでくれっ。そして災厄の力をふたりで得ようではないか！」

伯耆の答えに、顕仁は口元を笑みの形に歪めた。

なぜ透花が自分の心を捉えて離さないのかと不思議だった。もしかしたら自分は、彼女から毒華姫の気配を本能で感じ取ったのかもしれない。

——まさか、気まぐれで撒《ま》いた種のどれかが実を結んだのか？

毒華姫を宿した災厄の乙女を捜すのは困難極まりなかった。毒華姫を封印したかつての陰陽師の力は絶大で、彼女の気配も匂いも顕仁にはまったく感じられなかったからだ。

ゆえに顕仁は、由緒がありいかにも陰陽師とつながりがありそうな一族を見つけては、狡猾そうな人間に取り入り『一族の中に災厄のあやかしが封印された者がいる。その者を見つけ出せば、大天狗の力で願い事を叶えてやる』とそそのかしていたのだった。

毒華姫の封印は決して解けないという伝説だが、災厄の乙女の感情が昂った時に毒華姫が一時的に解き放たれる可能性があるとも言われていた。

ずる賢く矮小《わいしょう》な人間なら、災厄の乙女をあぶり出すために神経を逆撫でさせるような行動を取るかもしれないと、顕仁は考えたのだ。

そしてさらに、その人間が行動を起こしやすいよう、負の感情を膨らませる妖術もかけた。

伯耆が『災厄の乙女を見つけた』と主張しているのなら、きっと一時的に封印が解けた毒華姫を目撃したのだろう。

――おそらく、私がそそのかした人間のうちの誰かが災厄の乙女を見つけたのだな。そしてなんらかのきっかけで封印が解けかかっているのだ。

実は最近、毒華姫の妖気をほんのりと感じたような気がした瞬間があった。数日前と、ひと月ほど前だったと思う。

しかしその気配はとても弱く、確信は持てなかった。

毒華姫と再会したいという自分の願望による妄想だったのかもしれないとすら、顕仁は考えていたのだった。

だがどうやらあの気配は、気のせいではなかったらしい。

微笑んだ顕仁の表情を見て、伯耆は自分の要望が通ったと考えたようで下卑た笑みを浮かべ出した。

人間の軍人たちは怯えた顔をしながらも構え、刀の柄に手を当てている。しかし。

「はは、やなこった」

薄ら笑いを浮かべながら顕仁は言い放つ。

伯耆の顔が強張った。

「な、なぜだ……！」

「感動の再会をするなら、俺と彼女のふたりきりでないと。お前ごときに水を差されたくないんでね」

そう告げて伯耆や人間たちに背を向けると、顕仁は背に少し妖力を込めた。めきめきと音を立てながら背から漆黒の翼が生える。そして翼をはためかせ、空へと飛び立った。

なにやら伯耆が喚いているようだが、気にも留めない。

——予定変更。人間界にもう少しとどまることにしよう。

飛行しながら顕仁は今後について考え始めた。

「どうしても気になるから念のため唾をつけておいてよかった。……まさか透花が毒華姫の依り代だったとはねえ。ははっ」

込み上げてきた嬉しさに、つい独り言が漏れてしまう。

彼女に渡した帯留めには、顕仁の妖気が込められている。顕仁がある程度まで透花に近づけば、その妖気をたどって彼女の居場所を探れるのだ。

また、透花がいくら外そうとしても、ガラスの美しさに見惚れ『やはり外さないでおこう』と考えを改める仕組みになっている。そのうえ、顕仁に対して透花が抱いた恐怖心や不信感なども消失するのだ。

「ようやく再会できるね。……毒華姫」

気の遠くなるような長きにわたる捜し物にようやく目途がつき、顕仁は雲の中でにたりと微笑んだのだった。

＊

宿場町を発ち、朔弥の屋敷に戻ってきた夜。

寝台の上で、朔弥の隣に眠る透花は気持ちよさそうに寝息を立てていた。

世の中の穢れをなにも知らないような無垢な寝顔を見て、朔弥は今まで以上に透花に対する庇護欲《ひごよく》をかき立てられる。

そして自然と、透花と初めて会った頃の出来事を思い出した。

——あれは数年前のことだ。父の酒呑童子に、人間界で暴れているあやかしを倒す任務に就くよう命じられた。

その頃、透花の存在についても父に教えられたのだ。

『人間界に災厄のあやかしが封じられた少女がいる。朔弥、お前も知っているだろう？　毒華姫だ』

『ああ』

『どうにかして見つけたいのだが、あやかしが入れない結界の中にでも置かれているのか、居場所がどうしてもわからない。……朔弥、お前は人間でもありあやかしでもある。お前なら彼女を見つけられるのではないかと俺は思うんだ』

父は赤みがかった艶やかな黒髪と、切れ長の瞳、彫刻のような端正な顔立ちが特徴的だ。黙っていれば鋭さを感じさせる面立ちだが、楽天的でおおらかな性格であり、いつも冗談を言っては笑っていた。

しかしそんな父が、その時は珍しく真剣な表情をしていた。

『見つけてどうするんだ？　……殺すのか』

疑問に感じ、朔弥は素直に尋ねた。

毒華姫の力を欲するあやかしはごまんといる。もしあやかしが彼女の力を手にすれば、今まで以上に人間たちは脅威にさらされてしまう。

人間との共存を願う父にとっては、毒華姫は邪魔な存在なのではないだろうか。

そう考えた朔弥だったが、父は笑って首を横に振った。

『まさか。彼女は災厄のあやかしが体内にいる以外は、普通の人間だ。殺したらかわいそうだろ』

『……そうか』

『彼女は、あやかしと人間両方の生命力を体に宿している。……朔弥、半妖のお前と同じだな』

　確かに考えようによっては、毒華姫が封印された人間と自分は似たような存在かもしれない。

『つまりお前と彼女には親和性があるんだ。半妖のお前が彼女と触れ合えば、一時的に力を増大できることも判明した。……なあ朔弥。彼女を見つけ出し、力を与えてもらえ。そしてその力で、人間界で暴れているあやかしを討伐するんだ』

『……なるほど。その女が持つ災厄の力を利用して、俺がさらなる力を得るというわけだな。わかった』

　父の言葉をうまく要約したつもりだったのに、父はなぜかそんな朔弥に苦笑いを浮かべていた。

　しょうがねえなこいつは、とでも言いたげな彼の面持ちを不思議に思った覚えがある。

　その頃、父と母以外のほとんどのあやかしに『半分だけ妖怪の半端者』と朔弥は蔑まれていた。そして人間からは、あやかしに近い存在と見なされ、恐れられた。

　居場所がなかった朔弥の心は荒《すさ》んでおり、父と母以外の者の命をどうしても尊いものだとは思えなかった。

　任務の都合であやかしや人間の命を奪っても胸の痛みなど感じなかったし、目的を達成するためには犠牲はつきものという考えも根づいていた。

だから朔弥は、毒華姫を宿している人間の女をただ利用するつもりで捜した。するとある新月の夜、色香の強いあやかしの匂いをわずかに感じたのだった。

嗅覚の鋭いあやかしに確認したが、なんの匂いもしないと首を傾げられた。自分の勘違いかとも思った。しかし、次の新月の夜にもまた同じ匂いが鼻孔をかすめた。

どうやら、朔弥だけが嗅ぎ取れた匂いだったらしい。『お前と彼女には親和性があるんだ』という父の言葉が脳裏に蘇った。

しかし匂いは感じられたが、居場所はどうしても突き止められなかった。そこで朔弥が頼ったのが、獏という夢を操るあやかしだった。

獏は人間の夢の中に入り、悪夢を食べるという習性がある。また、匂いなど対象の一部の特徴だけわかれば、それをたどりその者の夢へと行き着けるという特技もあった。

父の知り合いの獏に依頼し、朔弥は匂いを漂わせている女の夢の中へと入ることができた。

そういう経緯で、透花との初めての出会いを果たしたのだった。

『あなたは誰？』

突然夢の中に現れた見知らぬ男に、透花は目をぱちくりさせていた。世間を知らない、子供のように純粋な表情だった。

父の予想通り、透花は強力な結界の中を出ることを許されていなかった。

彼女に毒華姫が宿っていると判明して十数年が経過したが、一度も結界の外に出ていないのだと本人が話した。

一方で、透花の居住地や家系など、透花の身元に関する情報は得られなかった。

貘の能力上、夢の中で出会った者同士は居場所を特定するような会話は不可能なのだ。

しかし、夢の中で透花と関わっていれば、そのうち彼女の居場所を突き止めるための手がかりが得られるかもしれない。

透花の中に眠る災厄の力をなんとしてでも利用したかった朔弥は、毎月新月の夜に彼女の夢に入った。しかし。

『外には人がたくさんいる町とか、湖とか、大きな山とかがあるんでしょう？　一度でいいから見てみたいな……』

他人と関わる機会がないからか、そんな邪な気持ちで近づいた朔弥に透花は次第に心を開いていった。そしていつも、外の世界への憧れを口にしては寂しげに微笑むのだ。

また、自ら罪を犯したわけでもないのに人間たちに恐れられ、狭い結界の中で監禁されているにもかかわらず、彼女から恨みつらみの言葉が発せられたことは、朔弥の知る限り一度たりともなかった。

幼い頃から世間と隔絶されたため他者を憎むことすら知らないのだろうと、最初はそんな透花の性格を朔弥はあまり深く考えなかったが……。

『朔弥は軍神さまなのね！　きっととっても強くて、悪者と戦う姿はかっこいいんだろうなあ』

『ねえ、朔弥は学校に行ったことある？　同い年の友達がたくさんいて、みんなで楽しく勉強するらしいの。私も通ってみたかったな』

『海は見たことがある？　終わりが見えないくらい大きい水たまりなんだって。そんなのがこの世界あるなんて、信じられないな』

目を輝かせながら朔弥のことや外の世界について尋ねてくる透花と関わっているうちに、朔弥の心は次第に変化していった。

――なぜだろう。透花と会話をすると、心が洗われていく気がする。

そんな時だった。

『うう……。朔弥……』

いつものように新月の晩に朔弥が透花の夢の中に入ると、彼女は涙をこぼしていた。

常にどこか寂寥感を漂わせている透花だったが、泣いている姿は初めてだった。

『透花。なにがあった？』

『うう……。結界の近くに、いつもは来ない村の人が来て……。つい姿を見せてしまったら「化け物」「目が合ってしまった、殺される」って……。ううっ』

西園寺家の者や村人たちが透花を不吉な者だと扱うのはいつものことだが、目の前で怯えられ拒絶されたせいで彼女は打ちひしがれたのだろう。

また、透花が唯一心を許している分家の男は、その日は不幸にも遠出をしていたため、誰も彼女の心の痛みを受け止めてくれなかったようだ。

――面と向かって『化け物』って言われた後、ひとり結界の中にいたらそれは落ち込むだろうな。

出会った当初は透花の心情などまるで興味がなかったが、無垢な透花に少しずつ惹かれ始めていた朔弥は、彼女の今の気持ちを想像し胸を痛めたのだった。

『……私はなんのために生きているの。人間には「災厄のあやかしだ」って嫌われて。かといって、あやかしの仲間にも入れてもらえない。私の居場所はどこ？　私はどこに行けばいいの……』

掠れた声で紡がれた透花の言葉を耳にして、朔弥はハッとした。

――人間にもあやかしにも受け入れてもらえない。俺と同じ……。

半妖であるがゆえ、あやかしからは蔑まれ人間からはあやかし扱いされる、どっちつかずの存在である自分。両親以外の誰とも相容れられず、居場所もない。

透花はそんな自分とほぼ……いや、まったく同じだった。

そう気づいた瞬間、朔弥は背筋がぞくりとするほど高揚した。

透花は朔弥が生まれて初めて見つけた、同士だったのだ。

『……大丈夫だ、透花』

朔弥は透花の手のひらを握り、自分の方へと優しい力で引き寄せた。

『朔弥……？』

戸惑いの声を上げる透花だったが、朔弥はそんな彼女をそっと抱きしめる。

透花は体を硬直させた。しかし朔弥のぬくもりに心地よさを覚えたのか、すぐに身を預けてきた。

朔弥は、そんな透花の耳元でそっと囁く。

『透花には俺がいる。……俺が透花の居場所になる。必ずいつかこんなところから連れ出してやる。その時は君のすべてを俺がもらう』

透花が自分と同様の存在だと気づくと、彼女のすべてが欲しくなった。とにかく透花に触れたくてたまらなかった。

抱きしめた透花は折れそうなほどに細くて、そのまま消えてしまいそうに思えた。

胸に感じるぬくもりが現実ではないのが心底口惜しい。

『朔弥……ありがとう』

朔弥の腕の中で透花は小さな声で礼を述べた。

透花は新月の夢での出来事を、ただの夢だと信じている。朔弥自身についても、透花の想像が生み出した幻影だと疑っていない。

――だが俺は本物だ。本当に存在するんだ。そしていつか、君の前に必ず現れる。……その時は俺だけを見ろ。君は俺のものだ。

どうせ誰も自分たちを理解などしてくれない。わかり合えるのは、同じ半端者の自分たちだけ。

――だから俺は透花さえいればいい。透花だって、俺がいればいいだろう？

そんな経緯で、朔弥は必ず透花を見つけ出し、この手の中に閉じ込めてしまおうと決意したのだった。

そうなってしまうと、当初の目的だった透花の災厄の力を利用することは気が進まなかった。

すでに朔弥は透花に盲目的な愛を抱いていた。そのうえで毒華姫の力を得ることは、透花をいいように使っていると思えてならなかったのだ。

ただ透花を自分の色に染め上げて、腕の中に閉じ込めて、自分だけを見るように教え込みたかっただけ。だから透花を結界の外に連れ出した直後は、災厄の力は借りなかった。

しかし情けないことに、結局自分の力が及ばず毒華姫の力を利用する結果となってしまう。

一方で、透花から力を吸い取るための口づけは、彼女の内部に触れられている気がして、朔弥は深い背徳感と快楽を覚えた。

そして接吻を交わした後、朔弥はますます透花への思いを募らせるのだった。

——透花は俺のものだ。誰にも渡さない。誰にも触れさせない。透花の体を巣くっている災厄だって、俺がいつか必ず追い出してみせる。

*

「そ、そんな！　私も娘も村から追放だなんてっ。どうかお許しを！　私は災厄の乙女を見つけたではないですかっ」

「私、ようやく東条家の方との結婚が決まりましたのにっ。どうかご慈悲を！」

西園寺家の男によって村の敷地外に引きずり出された鶴子とその娘の桜子は、地面に頭をこすりつけて懇願していた。

そんなふたりの女の浅ましい様子を、西園寺家の当主である西園寺清十郎《せいじゅうろう》は、辟易した思いで見下ろしていた。

——まさか、紅眼の軍神が言っていた通りだったとはな。

朔弥が透花を村から連れ出したあの日、彼は『この女たち、天狗とつながっているぞ』と鶴子と桜子に視線を送りながら忠告した。

この村では、あやかしとつながりを持った者は問答無用で追放である。朔弥の言葉には半信半疑だったが念のため調査した結果、鶴子が所持していた文などから確かにあやかしとのつながりが確認できた。

ちなみに桜子は鶴子の『あのお方の言うことを聞いていれば、東条家の女になれるわよ』という口車に乗せられて母の言いなりになっていたらしい。

聞けば、どうやら鶴子が透花を災厄の乙女だと主張したのも、その天狗にそそのかされたことがきっかけだったようだ。

透花の両親の死は、災厄のあやかしに乗っ取られた透花の仕業にしては不自然な点が多かった。ひょっとしたら、鶴子による犯行かもしれない。

——しかし、今となっては些細なことだ。透花が災厄の乙女であることに変わりはない。

もし災厄の乙女の封印が解けて西園寺家の者以外の人間に被害が及んでしまったら、由緒正しい血筋である西園寺家の立場が危うくなってしまう。

災厄の乙女をあぶり出すためにふたりの命が犠牲になったと考えれば、鶴子の行いはそう悪くない。

しかし、鶴子が現在進行形で天狗とつながっていたことは由々しき事態だ。

天狗はあやかしの中でも特に狡猾な者が多い。どうせ『協力するのなら天狗の力で望みを叶えてやる』とか、都合のいい甘言でそそのかされたに違いない。

天狗の目的は定かではないが、あやかしは基本的に人間を下等でいくらでも蹂躙していい存在だと考えている。

このまま鶴子と桜子を村においておけば、村の他の者たちも天狗に目をつけられる可能性があるのだ。場合によっては命を奪われるかもしれない。

そんな事態を未然に防ぐためには、ふたりの追放は絶対だった。

「うるさいっ。お前たちの追放は決まったのだ！　さっさとどこかへ行け！」

清十郎の護衛でもある大柄な男は、足にすがりつく鶴子に向かって怒鳴る。すると、鶴子は娘と共にさめざめと泣き始めた。

「そんな……！　夫にも離縁され、路銀も行く当てもありませぬっ。当主様の使用人でも構わないので村に置いてくださいまし！」

「お、お願いいたします！　このままでは母と共に野垂れ死んでしまいます……！」

あやかしとつながった者は、家族共々追放されるのが習わしだ。しかしその件にまったく関わっておらず、容疑者と離縁を決めた者についてはその限りではない。もともと鶴子の夫は、妻のしでかしたことを知るなりあっさりと離婚を申し出た。もともと夫婦仲は冷えきっていたらしいので、妥当な判断と言える。

夫も一緒ならば、村から追い出されても家族で支え合って生きていけただろう。しかし手になんの職もない女ふたりは、路頭に迷って行き倒れるか、あるいは――。

「そんなに嘆くことはないじゃろう。お前さんたちは女じゃ。それにふたりとも、なかなかの器量よしときた。男に媚びを売れば食いつないでいける。鶴子は年増だから難儀だろうが、相手を選ばなければ客がつくじゃろうて」

清十郎がそう告げると、鶴子も桜子も愕然とした面持ちになった。

「そんな……！」

「と、当主様は私どもに体を売れと……!?」

なにを驚いているのだろう。生きていくためには仕方がないではないか。もうふたりは西園寺家の者でもなんでもない、ただの下民の女なのだから。

それとも、まだ無駄に貴族の誇りを所持しているのか。くだらない。

「それが嫌なら、天狗にでも助けを頼んではどうじゃ。『すばらしいお方』なのだろう」

そう告げて清十郎はふたりに背を向けると、護衛の男と共に村の敷地内に戻り、村《そん》閭《りょ》を閉じた。

事情聴取の時に、鶴子は天狗について『大天狗さまはとてもすばらしいお方なのよ！　あの方の言う通りにしたら、すべてがうまくいったのだもの！』と開き直ってそんな妄言を吐いた時があったのだ。

敷地外からは「そ、そうよ！　大天狗様にお願いすればいいんだわ！　助けてくださいって！」「ほ、本当に……？　母さま、天狗のお方は本当に私たちを救ってくれるの？」なんていう、母娘の会話が聞こえてきた。

ああ、なんて哀れで愚かな。あやかしが人間を助けに来てくれるわけなどないのに。

——きっとあの男も。あの朔弥とかいう軍神も、そのうち手に負えなくなって透花を見捨てるに違いない。

透花を抱きかかえて鋭い視線で睨みつけてきた朔弥の顔を、清十郎は脳裏に蘇らせる。

朔弥には接吻により妖気を吸い出す力があるらしい。彼が透花を気に入っている間は、毒華姫の封印が解けることもないだろう。

清十郎にとってそれは好都合だった。

しかし、もし朔弥が透花を見捨てた後、封印が解けて毒華姫が発現してしまったら。

西園寺家の女が人間に災厄をもたらすこととなり、一族の名に傷がついてしまう。

それは清十郎にとっては絶体絶命の事態である。

——まあ、もうその時に備えて手は打ってあるがな。

清十郎は、透花の元へと送り出した青年——清水谷千蔭の精悍《せいかん》な顔を思い浮かべ、にたりと微笑んだのだった。

＊

伯耆の騒動が解決した後。

千蔭は透花についていく形で、朔弥の屋敷に居座ることになった。

理由はもちろん、朔弥をまだ信頼していないからだ。

ある日突然現れた、しかも半妖などという得体の知れない存在に透花を任せられるわけなどない。

もちろん朔弥は難色を示した。しかし透花が『本当は千蔭は私を西園寺家に連れ戻さないといけないみたいなんだけど、私の気持ちを優先してくれたの。そんな千蔭が村に戻ったら、罰を受けてしまうかも……』としおらしく言ったら、朔弥は千蔭を置くことをしぶしぶ承知してくれた。

『……お前のことは相変わらず大嫌いだが。戦闘に関しては俺の配下の軍人よりよっぽど上だ。使える手下がひとり増えたと考えよう。ただし、絶対に俺と透花の邪魔はするなよ』

憮然とした面持ちの朔弥にそう告げられ千蔭は不快に感じたが、もちろん透花のそばを離れるわけにはいかないので、それ以上反論はしなかった。

そして透花は、『邪魔するもなにも……千蔭は私の兄さまみたいな存在だから』と朔弥をなだめていた。

――兄さまみたい、ねぇ。

透花が家族のように慕ってくれているのは嬉しい。しかし家族愛と男女愛はまったく違うものだ。兄という扱いをされるのは正直、不本意だった。

――まあ、『俺は透花のにーちゃんみたいなもんだからな』って俺自身が言っていたせいだろうけどよ……。

事実、つい数年前までは千蔭も透花を妹のように思っていた。しかし実は、年頃になってからは透花を女として見ていた。

可憐で健気で純粋な、どこにも行けない籠の中の透花が、自分にだけ心を開いてくれる。その状況に、千蔭は密かに愉悦を覚えていたのだった。

透花の境遇はとても哀れだったが、強大で恐ろしい災厄のあやかしなど千蔭にはどうすることもできない。だから、ずっと自分が結界の中に閉じ込められた透花に寄り添うのだと心を決めていた。

一族の掟で透花に結婚は許されていなかったので、千蔭も生涯独身を貫き、彼女の心の拠り所で居続けると。

そしてこの密かな甘い想いは、決して透花に知られるわけにはいかなかった。

災厄の乙女の婚姻・男との交わりは西園寺家の掟で禁忌とされていたためだ。生まれながらにして西園寺家の眷属《けんぞく》である千蔭は、どうしたってそれには逆らえない。

だがそんな決意を固めた時に現れたのが、朔弥だった。

しかも彼は透花の夢の中に何度も現れていたそうで、透花は朔弥に心を奪われている様子だ。

朔弥が透花の夢に入り込めたのは、あやかしが使う妖術によるものだろう。

結界の外に出られて街並みや景色に目を輝かせる透花を目にすると、千蔭だって温かい気持ちになる。これまで見たことのなかった楽しそうな面持ちをする透花を目にするたびに、朔弥には感謝の念さえ湧く瞬間があった。

千蔭は別に朔弥自身を嫌っているわけではない。朔弥がどういうきっかけで透花を愛するようになったかは知らないが、ただひたむきに透花を慈しみ、すべてから守ろうとする彼の言動は、尊敬に値する。

また、人間離れした敏捷性と巧みな刀捌《さば》きは、武の心得を持つ者として純粋に憧れた。

しかし、朔弥と見つめ合い頬を赤らめる透花を目にするたびに、朔弥に対する好意的な感情は一瞬で消滅し、独占欲と狂おしいほどの嫉妬に支配され、感情を抑えるのに必死だった。

——透花は俺だけの透花だったのに。なんでそいつなんかに。

朔弥の登場によって、自分は想像以上に透花に深い想いを抱いていたと千蔭は気づかされたのだった。

だから朔弥と透花に無理やりついていったのは、ふたりにも告げた通り『透花の相手として朔弥をまだ認められないゆえ、朔弥の行動を監視したいがため』である。

もちろん、透花に対して親族としての情を超えた狂おしいほどの愛を抱いていることはなんとしてでも隠すつもりだ。

だが、実はそれはふたつあるうちの理由のひとつに過ぎなかった。

千蔭がふたりと行動を共にする、もうひとつの理由は。

「……待たせたな」

宿場町を出て、朔弥の屋敷に三人で戻ったあくる日。千蔭はひとり屋敷を出て、近くの人気のない林の中にいた。

木の陰に西園寺家の者特有のどこか陰気な気配を感じて千蔭が声をかけると、黒装束をまとった人物が出てきた。

顔まで黒布で覆っているので、人相はわからない。きっとただの伝令係だろう。

昨晩、千蔭の元に足に文をくくりつけた烏《からす》がやってきた。

文には『明日、使いを送る。災厄の乙女の動向について詳しく報告するように』と書かれていた。

そう、千蔭が朔弥と透花の元にいるのは、西園寺家の者に命じられたからだ。

災厄の乙女の封印が解ければ、それまでずっと毒華姫を封じていたことで貴族に一目置かれていた西園寺家は失墜する。

本来なら、今までのように透花を結界の中に監禁しておきたいのが本音だろう。しかし、結界内にいても、封印が解けたら一族の者では対処できないとこの前わかったし、紅眼の軍神がそばにいる限り完全に封印は解けないと知った西園寺家の当主が、しぶしぶ現状を受け入れているのだ。

そういうわけで、千蔭を災厄の乙女の監視役として任命し、逐一状況を報告せよと命じたのである。

――透花には『お前を連れ戻すように命じられていたけれど、透花の気持ちを尊重して命令に背いたんだ』なんて強がってしまった。……本当は一族の奴らに逆らう勇気なんて俺にはないのに。情けねぇ。

保守的で陰気な西園寺家の者たちを、千蔭はあまり好きではない。

というのも、千蔭は剣の腕を買われ、時々村の外で仕事をする機会があった。そこで、前衛的な考えを持つ者や、古いしきたりに囚われない破天荒な者たちとの数々の出会いを経験しているからだ。

そんな彼らに影響されたせいか、千蔭はいつまでも因習に囚われて息をひそめて生きている一族の者たちを、薄っすら嫌悪していた。

しかし千蔭の姓である清水谷は西園寺家の分家であり、幼い頃から西園寺家の者のために生涯を捧げるよう口を酸っぱくして言われている。

魂にまで刻まれている忠誠心には、簡単に抗えない。西園寺家の命に背くなど、千蔭の選択肢にはないのだった。

「……では。災厄の乙女の動向について報告を」

黒布の下で、淡々と黒子が尋ねてきた。

女性の声だったのが意外だった。確かによく見てみれば、背は千蔭よりも随分低いし、体も華奢《きゃしゃ》だ。

「ああ。昨日まで大きな宿場町に行っていた。そこで伯耆っていうあやかしに――」

千蔭はこれまでの経緯について、黒子に詳細に説明した。

「……そうか、報告感謝する。では引き続き監視を頼む」

感情のこもっていない言葉で告げられ、千蔭は「ああ」と短く返事をした。

この女性の心もきっと、西園寺家に支配されているのだろう。

黒子は千蔭に背を向けて立ち去ろうとしたが、「……そうだ、言い忘れていたことがあった」と呟くと千蔭の方に向き直った。

「もし、紅眼の軍神にも手に負えない状況になったら。災厄の封印が解ける前に、お前が透花さまを殺せ」

これまで通り緩急のない声で紡がれたためか、千蔭は一瞬その意味を理解できなかった。しかし。

『お前が透花さまを殺せ』

もう一度、その部分だけ脳内で繰り返すと、重苦しい恐怖が腹の底からじわじわと湧き起こってきた。

「……はっ!?　俺が、透花を……？」

「なにを驚いている。災厄の乙女が寿命や病気以外の方法で息絶えれば、毒華姫も滅ぶ可能性があるのはお前も知っているだろう。……もちろん、滅びない恐れもあるから最終手段だがな」

確かに千蔭もそれについては知っていた。

災厄の乙女が死ねば毒華姫が封印から完全に解放される可能性も考えられるため、

災厄の乙女の殺害はこれまで禁忌とされていたのだ。

だが、もし封印が解けることが確定してしまえば、どちらにしろ毒華姫はこの世に放たれてしまう。

——封印が解ける前に透花を殺し、毒華姫も死ぬ可能性にかけるわけか……。

理屈では理解できる。だが、感情が追いつかない。

醜い独占欲や嫉妬心を抱いている自分に純粋な微笑みを向けて、兄のように慕ってくれている透花を殺すなど、自分にできるはずがない。

「……私は伝えたぞ。命令に逆らうなど、愚かなことは考えるなよ。……なあ、清水谷千蔭」

清水谷、の部分を強調しそう告げると、今度こそ黒子は去っていった。

——俺が、そのうち透花を……？

手足が小刻みにがくがくと震える。冷や汗が大量に流れ出て、強い悪寒も感じた。

自然と荒くなった自分の呼吸の音が耳障りだった。

絶望を覚えた千蔭はその場で膝をつき、頭を抱えることしかできなかった。

＊

「これから海に!?」

透花が聞き返すと、朔弥は口元だけで小さく微笑んだ。

「ああ。この近くに海岸があると、前に説明しただろう。今日はなにも予定がないし、俺が連れていってやる」

「嬉しい……！　とうとう念願の海が見られるのね！」

喜びのあまり、透花は弾んだ声を上げる。朔弥はそんな透花を柔らかな目で見つめていた。

昨日宿場町を出て、三人で朔弥の屋敷に戻ってきた。

一夜明けて、猫又の有馬の作る朝食を堪能した後、透花がリビングルームでのんびりと窓の外を眺めていたら、朔弥が『海へ行かないか』と提案してくれたのだ。

「あ、海に行くの？　じゃあ三人分のお弁当を作るね！」

会話を聞いていた有馬が、尾を機嫌よさそうにパタパタと振りながら言うと。

「ありがとう有馬。だが弁当はふたり分、俺と透花の分だけにしてくれ。海にはふたりで行くからな」

無表情の朔弥に、有馬は苦笑いを浮かべた。

「朔弥、本当に千蔭が嫌いなんだねえ……」

千蔭も今後行動を共にすることになったので、朔弥の家に厄介になっている。

相変わらず険悪な仲ではあるが、朔弥は千蔭の戦闘技術を買っているようで、『あやかし討伐に役に立ちそうだ』という理由で同居を許可した。

なお、有馬はあまり物事にこだわらない性分らしく、『透花のお友達？　よろしくー！』と笑顔で千蔭を受け入れていた。

「嫌いじゃない。大っ嫌いだ」

有馬の言葉を強い口調で否定する朔弥。有馬は呆れたような顔をした。

透花も「そんなにかあ……」と、今後の三人の関係にさらなる不安を抱く。

「それにあいつ、朝食の後にちょっと用事があると屋敷を出ていってから、まだ戻ってきていない。まあ、今いようがいまいがどうせ連れていかないから関係ないがな」

そういえば朝食の後、千蔭の姿が見えないなと、朔弥の言葉を聞いた透花は思った。

――千蔭、なんの用事だろう？　私たちの村からここは離れているし……。

場所を考えると、西園寺家や清水谷家に関わる件とは考えづらい。

朔弥の屋敷は人里離れた場所にポツンと立っているので、買い物など町で済ます用事も難しいだろう。

少し考えてみたがわからなそうだったし、『まあ、帰ってきたら本人に聞いてみよう』と思った透花は、再び海への期待に胸を膨らませた。

有馬の弁当作りが終わってすぐに、朔弥と共に透花は屋敷を出た。そしてふたり並んで歩き、海を目指す。

「透花。潮っぽい匂いがしてきただろう？」

少し歩いたところで、朔弥がそう尋ねてきた。

「あ……本当ね。なんだかしょっぱいような、不思議な香りね。これが海の匂い？」

「ああ。海水の匂いだ」

初めて嗅いだ匂いだった。しかし風に乗ってきたどこか湿っぽい自然の香りは、なんだか心地よくて嫌いではない。

「海水……。深い青なのよね。ああ、早く見たいな……！」

思わず声を弾ませてしまうと、朔弥の視線を感じた。彼は目を細めて、温かな眼差しを透花に向けていた。

——私に優しくしてくれる朔弥が、皆に恐れられている紅眼の軍神だなんて、時々忘れそうになる。

しかし、討伐対象のあやかしと対峙した際の朔弥は、鋭い眼光で相手を睨みつけ、透花では目にも追えないほどの素早さで相手に切りかかるのだ。

その姿を思い出すと、果たして今、隣で柔和な微笑みを浮かべている朔弥と同一人物なのだろうかと信じられない気持ちになる。

朔弥は驚くべき二面性を所持しているのだった。

そしてそんな朔弥の元に、昨日彼の父である酒呑童子から伝令が届いた。

あらかじめ朔弥は、伯耆を討伐し鬼門の封印に成功したと酒呑童子に報告していたので、その返事だった。

『朔弥。鬼門の封印はお前にしかできない使命だ。災厄の乙女の力を借り、他の鬼門もひとつを残してすべて封印するのだ』

朔弥と一緒に見た書には、達筆な文字でそう記してあった。

それを読んだ後の朔弥はあまり表情を変えていなかったが、透花にはどこか誇らしげな面持ちに見えた。

きっと朔弥は父を尊敬しているのだ。だからそんな父に『お前にしかできない仕事だ』と頼られ、喜びを感じたのだろう。

——私も。私の中にある災厄の力が朔弥の役に立てていることが心から嬉しい。

毒華姫が自分の中にいるせいで、皆に忌み嫌われ、なんのために生きているのかと自問自答し、すすり泣く日々だった。

なぜ自分の中に災厄がいるのか。なぜ自分が災厄に選ばれたのか。自身の呪われた運命を、膝を抱えて嘆くことしかできなかった。

だが生まれて初めて、毒華姫の持つ強大な力に透花は感謝していた。彼女のおかげで朔弥の力になれている、と。

てしまう。

しかしこのままではいつか完全に毒華姫の封印が解け、人間界に災厄が降りかかってしまう。

もちろんそうなる前に、どうにかして災厄を完全に消滅させなければならない。

また、透花は自分を救ってくれた朔弥へ一途で深い愛をすでに抱いているが、朔弥の方はどうなのだろうと一抹の不安は拭えない。

――朔弥が私を大切にしてくれているのはわかる。朔弥の熱のこもった口づけや抱擁にも、愛情を感じる。……でもどうして朔弥が私を好いてくれたのか、きっかけがわからない。

いつ発現するか不明な恐ろしいあやかしが宿っている女なんて、人間にとっては危険でしかない。だが毒華姫から力を分け与えられる可能性のあるあやかしならば、透花を利用するために接近してくるかもしれない。

そして朔弥は、透花から生命力を吸収することで力を得られる。

――やっぱり朔弥は毒華姫の力が欲しいあまりに、私に近づいてきた……？　愛している素振りは見せかけで、私を扱いやすいようにするため……？　千蔭が言っていた通りに……。

毎日優しく髪を撫で口づけしてくる朔弥にときめきを覚えつつも、ふとした瞬間に不安が生まれてしまう。

ここ数日間、ずっと気持ちはくすぶっていた。

「透花。砂浜が見えてきたぞ」

不意に朔弥に声をかけられ、考え事でぼんやりしていた透花はハッとする。

朔弥の言う通り、いつの間にか白い砂浜が小さく見えていた。その奥に広がる、広大な青い水たまりも。

「わあ……！　これが海……！」

初めて目にした海に、暗い気持ちは勝手に心の奥に引っ込んだ。早く近づきたくて、透花は思わず海に向かって走り出してしまう。

規則正しく、どこか心地よい波音が徐々に聞こえてくる。潮の香りが今までよりも強くなった。

砂浜に足を踏み入れると、草履の重みでサラサラとした砂が沈み、足を取られそうになる。その感覚さえ初めてで、透花の胸は躍った。

そして見渡す限り青く広く、どこか神秘的な海は、太陽光が反射しキラキラと輝いていた。

「綺麗……！　こんなにも美しい景色がこの世にあるなんて！」

感動のあまり、涙ぐみながら言葉を紡ぐ。脳内で想像していた海よりも本物はずっと美麗で、断然神々しかった。

「……嬉しそうだな、透花」

朔弥は頬を緩ませていた。

子供のようにはしゃいでしまった自分が少し恥ずかしくなり、透花は照れ笑いを浮かべる。

「と、とっても嬉しい……！　この海の中にはどんな世界が広がっているの？」

ぼんやりと想像してみたが、世の中を知らない透花の頭ではうまく思い描けなかった。

「海の中は魚やタコやイカ、貝といったさまざまな生物がいる。だがまだ海の深い部分まで行けるほど文明は発達していないから、未知の世界だな」

「未知の世界……。なんだか幻想的で素敵ね。朔弥、教えてくれてありがとう……！」

ふとした疑問にも丁寧に答えてくれる朔弥の優しさが嬉しい。

「これしきのことで礼など不要だ。これからも透花が行きたい場所があれば、俺が連れていく。透花が見たいものがあれば、俺が見せる。……透花の望みはなんだって俺が叶えてやる」

透花をじっと見つめながら、静かに朔弥は告げた。

――やっぱり朔弥は優しい。私を結界の外に連れ出して、いろいろなものを与えてくれる。

「……嬉しい。ありがとう、朔弥」

「だから、いちいち礼など言わなくていい。……だが、今後君と共に各地の鬼門を閉じなくてはならなくなったが、それをよしとしないあやかしはたくさんいる。きっと俺たちの邪魔をしてくるだろう。君を危険にさらしてしまうかもしれない」

朔弥は海の遥《はる》か彼方を見据えた。

鬼門は全部で百八つあり、今はたったひとつを閉じた状態である。そして『ひとつを残してすべてを閉じよ』というのが酒呑童子の命令であるため、あと百六つ封印しなければならない。

長い戦いになると、朔弥の遠い目がそう物語っていた。

「軍神の俺に向かってくるのは、きっと強敵ばかりだろう。……だが強いあやかしは、知識が豊富な奴が多い。毒華姫の呪縛から透花を解放する方法を知っている者がいるかもしれない」

「えっ……。そうなの？」

「ああ。俺たちの今後の目標は、残りの百六の鬼門を封印すること。そしてその際に遭遇したあやかしから、毒華姫の封印についての情報を集めることだ。透花が人間としてこの世で平穏に暮らすのなら、両方とも必要だからな」

いまだに海の遠くを見つめながら、朔弥は神妙な声で言った。

その言葉に、透花はいまだかつてない喜びを覚える。さらに朔弥に対する愛を改めて深く感じた。

――朔弥が私を気遣ってくれるから。常に私を最優先にしてくれるから。こんなの、どんどん好きになってしまう……。

だがそれと共に、先ほど考えていたことが思い浮かんだ。

朔弥のこの優しさがもし偽りだったら。災厄の力を得たいがために、透花を愛するふりをしているのだとしたら。

――でも、もうそれでもいい。

朔弥がひとりぼっちだった透花の手を取って、心を満たしてくれたのは事実なのだ。だから、朔弥の真意がどうであれ構わない。

彼の役に立つのならば、喜んで利用されよう。美しい海を愛する人と並んで眺める幸福など、永遠に手に入れられるはずがなかったのだから。

「私、朔弥のためならなんだってする。あなたが喜んでくれるのなら、私はどんなことでも……」

朔弥を見つめながら、透花はゆっくりとそう告げる。

すると朔弥は、しばしの間無言で透花と視線を重ねた後、そっと透花の顎に手をかけてきた。

「……俺だって。透花を守るためなら、透花が望むのなら、どんな敵だって滅ぼすし、どんな苦行にだって耐えられる。俺たちはふたりでひとつ……君は俺の花嫁だ」

「嬉しい……。朔弥……私の大好きな人」

波音が響く中、ふたりで思いを伝え合った後。

朔弥は透花の唇に自分のそれを静かに重ね、唇の温かみで愛を伝えてきた。透花の腹の奥から、泉のように悦びが湧き出てくる。

――紅眼の軍神であるあなたと、災厄のあやかしを宿した人間の私。私たちはふたりとも、中途半端な存在。

朔弥はきっと、あやかしの頭領である父から任された鬼門の封印を達成した時、心からの自信を得られるだろう。

そして透花は、毒華姫の呪いから解き放たれた時、初めてただの人間になれる。

歪な自分たちが真の幸福を得られるのはその時でしかないと、朔弥の唇の熱を感じながら透花はしみじみと思ったのだった。

END

あとがき

こんにちは、湊祥です。このたびは『災厄の花嫁　鬼の軍神の最愛』をお手に取っていただきありがとうございました！

前作の『鬼の生贄花嫁と甘い契りを』を読んでくださっていた方もいると思いますが、向こうは現代が舞台だったのに対し、こちらは現代から八十年前が舞台となっております。文中で「大正三十三年」という描写がある通り、リアルな歴史とは少し異なった世界です。あやかしという人間にとって共通の敵がいるので、世界大戦が起こらなかった世界を想像しております。

登場人物についてですが、まず今回のヒロイン・透花は世間知らずで純粋無垢、そして文字通りの箱入り娘です。最初はお嬢様な言葉遣いだったのですが、編集様から共感しにくいとのご指摘を受け、少し砕けた言葉遣いとなりました（笑）。また、世の中のことには疎いのですが、読書が趣味なので知識や常識はそれなりにあります。

またヒーローの朔弥ですが、私が二次元のヤンデレが大好きすぎるために、透花に対する盲愛がすぎる男となりました（笑）。ヤンデレ本当に好きなんです。朔弥の独占欲たっぷりのセリフは書いていて本当に楽しかったです！

そして透花のお兄ちゃん的存在である千蔭は、またもや私の三角関係大好きという性癖のせいで生み出されたキャラクターです。陰のある朔弥とは対照的な陽キャで基本的にいい奴ですが、実は朔弥に対する嫉妬や透花に対する独占欲を内に秘めているという、人間らしい奴です。

ちなみに朔弥と千蔭の言い争いをさまざまな場面に入れていたのですが、多すぎるというツッコミが入りまして減らしました（笑）。確かに読み返したらめちゃ多くてしつこかったです。男ふたりによるヒロインの取り合いが好きすぎるんですよね……。多少残っているので、私と同じ趣味の方は楽しんでいただけると嬉しいです！

このお話も、『鬼の生贄花嫁と甘い契りを』のように長く続くお話になればいいなと心から願っております。応援していただければ幸いです……！

最後になりますが、この本を手に取ってくださった方に、改めてお礼申し上げます。また、本作に関わってくださったすべての方に、感謝を申し上げます。

装画を担当してくださった花守先生。SNSで拝見していた男性のイラストが以前から大好きで、今回かっこいい朔弥を描いてくださって夢のようでした。かわいい透花もイメージ通りでした。本当にありがとうございます！

それではまた、皆さまにお会いできるのを心から願っております。

湊祥

この物語はフィクションです。実在の人物、団体等とは一切関係がありません。

湊祥先生へのファンレターのあて先
〒104-0031　東京都中央区京橋1-3-1　八重洲口大栄ビル7F
スターツ出版（株）書籍編集部 気付
湊祥先生

災厄の花嫁
鬼の軍神の最愛

2025年3月28日　初版第１刷発行

著　者　　湊祥　

発 行 人　菊地修一
デザイン　フォーマット　西村弘美
　　　　　カバー　AFTERGLOW
発 行 所　スターツ出版株式会社
　　　　　〒104-0031
　　　　　東京都中央区京橋1-3-1　八重洲口大栄ビル7F
　　　　　TEL　03-6202-0386（出版マーケティンググループ）
　　　　　TEL　050-5538-5679（書店様向けご注文専用ダイヤル）
　　　　　URL　https://starts-pub.jp/
印 刷 所　大日本印刷株式会社

Printed in Japan

ISBN　978-4-8137-1720-1　C0193

スターツ出版文庫　好評発売中!!

『この世界が終わる前に100年越しの恋をする』　櫻井《さくらい》千姫《ちひめ》・著

心臓に爆弾を抱えた陽彩は、余命三カ月と告げられ、無気力な日々を送っていた。そんな彼女の前に現れたのは、百年先の未来から来たという青年・楓馬だった。「僕は君の運命を変えに来た」――そう告げる彼の言葉を信じ、陽彩は彼と共に未来を変えるために動き始める。二人で奔走するうちに、陽彩は次第に彼に惹かれていく。しかし、彼には未来からきた本当の理由に関わるある秘密があった。さらに、陽彩の死ぬ運命を変えてしまったら、彼がこの世界から消えてしまうと知り…。二人が選んだ奇跡のラストとは――。

ISBN978-4-8137-1708-9／定価770円（本体700円+税10%）

『死にたがりの僕たちの28日間』　望月《もちづき》くらげ・著

どこにも居場所がないと感じていた英茉の人生は車に轢かれ幕を閉じた。はずだった――。目覚めると、死に神だと名乗る少年ハクに「今日死ぬ予定の魂を回収しに来ました。ただし、どちらかの魂です」と。もうひとり快活で悩みもなさそうなのに自殺したという同級生・桐生くんと与えられた猶予の28日でどちらが死ぬかを話し合うことに。同じ時間を過ごすうちに惹かれあうふたり。しかし桐生くんが自殺を選んでしまった辛い現実が発覚し…。死にたがりの私と桐生くん。28日後、ふたりが出した結末に感動の青春恋愛物語。

ISBN978-4-8137-1709-6／定価770円（本体700円+税10%）

『バケモノの嫁入り』　結《ゆの》木《き》あい・著

幼き頃、妖魔につけられた傷により、異形の醜い目を持つ千紗。顔に面布を付けられ、“バケモノ“と虐げられ生きてきた。ある日、千紗が侍女として仕える有馬家に妖魔が襲撃するが、帝國近衛軍、その頂点に立つ一条七瀬に窮地を救われる。化け物なみの強さと畏怖され、名家、一条家の当主でもある七瀬は自分とは縁遠い存在。しかし、彼は初対面のはずの千紗を見て、何故か驚き、「俺の花嫁になれ」と突然結婚を申し入れ…。七瀬には千紗を必要とする“ある事情”があるようだったが――。二人のバケモノが幸せになるまでの恋物語。

ISBN978-4-8137-1710-2／定価770円（本体700円+税10%）

スターツ出版文庫　好評発売中!!

『拝啓、やがて星になる君へ』　青海《あおみ》野灰《のはい》・著

星化症という奇病で家族を亡くした勇輝は人生に絶望し、他人との交流を避けていた。しかし天真爛漫なクラスメイト・夏美との出会いで日常は一変。夏美からの説得で文芸部を創ることに。大切な人を作ることが、それを失った時の絶望を知る勇輝にとって、怖さを抱えながらではあったものの、夏美と過ごす日々に居心地の良さを感じ初めていた。そんな時、夏美に星化症の症状が現れてしまう。「それでも僕は君が生きる未来のために」と絶望を退ける勇気が芽生え、ある決意をする。ラストに涙する、青春恋愛物語。

ISBN978-4-8137-1693-8／定価759円（本体690円+税10%）

『未完成な世界で、今日も君と息をする。』　如月《きさらぎ》深紅《みく》・著

高校生の紬は、ある出来事をきっかけに人間関係に関する記憶をすべて失ってしまう。記憶喪失になる前と変わってしまった自分が嫌いで、息苦しい日々を送る紬は、クラスの人気者の柴谷に声を掛けられる。初めは戸惑う紬だったが、どんな自分も受け入れてくれる彼に心を開いていく。しかし、紬の過去には二人に大きく関係する秘密が隠されていた——。「過去の君も今の君も全部本物だ」過去と向き合い、前に進んでいく二人の姿に共感&涙！

ISBN978-4-8137-1694-5／定価770円（本体700円+税10%）

『龍神と番の花嫁～人魚の花嫁は月華のもと愛される～』　琴《こと》乃《の》葉《は》・著

青い瞳で生まれ、気味が悪いと虐げられ育った凍華は16の誕生日に廓に売られた。その晩、なぜか喉の渇きに襲われた凍華は客を襲いかけ、妖狩りに追われることに。凍華は人魚の半妖で、人の魂を求めてしまう身体だったと知らされる。逃げる凍華の元に「ようやく見つけた、俺の番」と、翡翠色の切れ長の瞳が美しい龍神・琉葵が現れ救ってくれた。人魚としての運命に絶望する凍華だったが「一緒に生きよう。その運命も含めお前を愛する」と、琉葵からの目一杯の愛情に、凍華は自分の居場所を見つけていき——。

ISBN978-4-8137-1695-2／定価781円（本体710円+税10%）

『偽りの花嫁～虐げられた無能な姉が愛を知るまで～』　中小路《なかこうじ》かほ・著

和葉は、呪術師最強の証“神導位”を代々受け継ぐ黒百合家の長女にも拘わらず、呪術が扱えない“無能”。才能のある妹と比較され、孤独な日々を送っていた。ところが、黒百合家は謎の最強呪術師の玻玖に神導位の座を奪われてしまう。さらには、なぜか玻玖に「嫁にしたい」と縁談を申し込まれる。神導位の座を奪還するため、和葉は家族からある使命を命じられ“偽りの花嫁”として嫁入りをする。愛のない婚約だったはずが、玻玖が溺愛してきて…？戸惑いながらも彼の優しさに触れ、次第に心惹かれていき——。

ISBN978-4-8137-1696-9／定価825円（本体750円+税10%）

スターツ出版文庫　好評発売中!!

『きみは溶けて、ここにいて』　青山《あおやま》永《えい》子《こ》・著

友達をひどく傷つけてしまってから、人と親しくなることを避けていた文子。ある日、クラスの人気者の森田に突然呼び出され、俺と仲良くなってほしいと言われる。彼の言葉に最初は戸惑う文子だったが、文子の臆病な心を支え、「そのままでいい」と言ってくれる彼に少しずつ惹かれていく。しかし、彼にはとても悲しい秘密があって…？　「闇を抱えるきみも、光の中にいるきみも、まるごと大切にしたい」奇跡の結末に感動！　文庫限定書き下ろし番外編付き。

ISBN978-4-8137-1681-5／定価737円（本体670円+税10%）

『君と見つけた夜明けの行方』　微炭酸《びたんさん》・著

ある冬の朝、灯台から海を眺めていた僕はクラスの人気者、秋永音子に出会う。その日から毎朝、彼女から呼び出されるように。夜明け前、2人だけの特別な時間を過ごしていくうちに、音子の秘密、そして“死”への強い気持ちを知ることに。一方、僕にも双子の兄弟との壮絶な後悔があり、音子と2人で逃避行に出ることになったのだが──。同じ時間を過ごし、音子と生きたいと思うようになっていき「君が勇気をくれたから、今度は僕が君の生きる理由になる」と決意する。傷だらけの2人の青春恋愛物語。

ISBN978-4-8137-1680-8／定価770円（本体700円+税10%）

『龍神と許嫁の赤い花印五～永久をともに～』　クレハ・著

天界を追放された龍神・堕ち神の件が無事決着し、幸せに暮らす龍神の王・波琉とミト。そんなある日、4人いる王の最後のひとり、白銀の王・志季が龍花の街へと降り立つ。龍神の王の中でも特に波琉と仲が良い志季。しかし、だからこそ志季はふたりの関係を快く思っておらず…。永遠という時間を本当に波琉と過ごす覚悟があるのか。ミトを試そうと志季が立ちはだかるが──。「私は、私の意志で波琉と生きたい」運命以上の強い絆で結ばれた、ふたりの愛は揺るぎない。超人気和風シンデレラストーリーがついに完結！

ISBN978-4-8137-1683-9／定価704円（本体640円+税10%）

『鬼の生贄花嫁と甘い契りを七～ふたりの愛は永遠に～』　湊《みなと》 祥《しょう》・著

赤い瞳を持って生まれ、幼いころから家族に虐げられ育った凜は、鬼の若殿・伊吹の生贄となったはずだった。しかし「俺の大切な花嫁」と心から愛されていた。数々のあやかしとの出会いにふたりは成長し、立ちはだかる困難に愛の力で乗り越えてきた。そんなふたりの前に再び、あやかし界『最凶』の敵・是界が立ちはだかった──。最大の危機を前にするも「永遠に君を離さない。愛している」伊吹の決意に凜も覚悟を決める。凜と伊吹、ふたりが最後に選び取る未来とは──。鬼の生贄花嫁シリーズ堂々の完結！

ISBN978-4-8137-1682-2／定価781円（本体710円+税10%）

書店店頭にご希望の本がない場合は、書店にてご注文いただけます。